여행의 취향.

여행의 취향
: 일상 안으로 끌어들이는 특별한 여행

초판 1쇄 발행 2017년 6월 12일

지은이 고나희
발행인 송현옥
편집인 옥기종
펴낸곳 도서출판 더블:엔
출판등록 2011년 3월 16일 제2011-000014호

주소 서울시 강서구 마곡서1로 132, 301-901
전화 070_4306_9802
팩스 0505_137_7474
이메일 double_en@naver.com

ISBN 978-89-98294-32-8 (03810)

도서출판 더블:엔은 독자 여러분의 원고 투고를 환영합니다. '열정과 즐거움이 넘치는 책'으로 엮고자 하는
아이디어 또는 원고가 있으신 분은 이메일 double_en@naver.com으로 출간의도와 원고 일부, 연락처 등을
보내주세요. 즐거운 마음으로 기다리고 있겠습니다.

여행의 취향.

고나희 쓰고 찍다

일상 안으로 끌어들이는 특별한 여행

더블·엔

떠나기를 반복했던 것처럼 돌아오기를 계속했다. 떠나기를 기다렸던 만큼 돌아오기를 즐겼다. 어떤 여행에나 시작과 함께 끝이 있었고, 여행의 끝은 집으로, 일상의 삶으로 돌아오는 것이었다.

새로운 여행지, 미지의 공간으로 떠나는 건 언제나 즐거운 일이었고, 떠나서 즐기는 삶의 기쁨은 매 순간 컸다. 생경하고 낯선 분위기와 문화, 공간 그리고 사람과 인연 맺고 그 인연을 이어가는 것은 삶에 활력과 생기를 불어넣었다.

그리고 어딘가로 떠났다가 본래 머물던 장소로 돌아왔을 때의 반가움과 익숙함은, 여행을 떠나며 기대했던 것처럼 한 방향이 아니었다. 어느 순간 내게 여행은 '일상을 벗어난 무엇'이 아니었다. 살아가는 여행(일상)과 떠나는 여행, 두 여행은 중복되고 교차했다. 두 여행은 결국 나의 삶을 이루는 한 흐름이었으므로.

늘 떠나기만 할 수는 없었다. 떠남 이외의 시간이 내 삶에 있었고, 떠남

만을 즐긴다면 내가 허비하게 될 시간은 너무 많았다. 반대로 낯선 곳으로의 여행에는 신선함이 있었지만, 낯선 여행지에서 이방인으로만 있는 것은 달갑지 않았다. 나는 여행 안에 자연스레 스며들고 싶었다. 그래서 일상을 여행으로, 여행을 일상으로 만들려는 노력이 시작됐다. 평범함과는 거리를 약간 둔 조금은 새로운 일상, 새로운 곳이지만 편안함과 익숙함도 느낄 수 있는 여행.

그러기 위해 익숙하고 낯익은 것을 낯설고 특별하게, 낯선 것을 가깝고 편안하게 대하고자 노력한다. 소소한 즐거움을 찾는 한편, 나와 다른 타자에 관심을 가졌다. 그러자 나의 일상은 여행을 닮아갔고, 나의 여행은 일상을 닮게 되었다.

신선하면서도 편안한 시간을 찾기 위한 여행과 일상에는 언제나 나의 '취향'이 함께 해왔다. 여행의 취향. 내게 여행과 일상, 나아가 이를 모두 포괄한 삶이란 결국 나의 취향을 찾아가는 경로였던 거 같다. 그 누구보다 어떤 다른 이보다 알기 어렵지만, 알아가는 게 중요한 존재인 '나' 자신.

일상의 여행과 여행의 일상을 통해 알게 된 것은 그 어떤 멋진 공간, 장면, 누군가보다 나 자신이었다. 내가 어떤 이인지, 무엇을 좋아하고 싫어하는지, 어떤 것을 바라고, 어느 방향으로 나아가려 하는지 등. 여행은 나의 취향을 보다 분명하게 하고 또렷이 알아가는 과정이었다.

나의 취향을, 나를 알아가기 위해 그렇게 떠나고 머무르기를 반복했나 보다. 그리고 앞으로도 끊임없이 떠나고 머무르기를 반복하겠지. 이 책은 취향에 맞는 떠남과 머무름에 대한 이야기다.

Part 2

여행을 부추기는 사진 한 장

Part 3

생각이 머무는
그곳

Part 4

그렇게, 인연

—

Part 1

여행, 그것은

여행연습

깜깜한 밤, 그 애가 내 침대 안으로 들어왔을 때 소스라치게 놀랐다. 무서운 꿈을 꿨다고 하는데 아마 낮에 다녀온 놀이공원 유령의 집 때문이었을 거다. 겁 많은 나의 놀라움을 무거운 눈꺼풀이 눌렀다. 그렇게 16살의 나와 14살의 그 아이는 좁은 침대를 함께 채우며 남은 밤을 보냈다.

나의 첫 해외여행지는 미국이었다. 캘리포니아 주의 오래된 도시 새크라멘토^{Sacramento}에서 단기 어학연수를 했다. 고등학교 1학년, 만 16살. 또래가 많았던 덕분에 금방 친해지긴 했지만, 친구는 친구일 뿐 가족은 아니었다. 은근히 불편했고 살짝 겁도 났다. 걱정이 있거나 하기 싫은 일을 할 때면 아프곤 하는 배가 자주 심하게 아팠고, 잘 먹지 못한 탓에 체중이 6kg이나 빠졌다. 한 달 만에 말이다.

미국행 비행기 안에서 일행 중 한 명이던 그 아이와 친해졌고, 우리는 같은 홈스테이에 배정됐다. 그때는 그 애가 무척 어리다고 생각했는데 우리 둘다 어리기는 매한가지였다. 햇살 잘 들던 방에 나란히 놓인 두 침대에서 각자 잠자리에 들었지만, 그 애는 어둠 속에서 내 침대로 자주 기어들곤 했다.

겁 많던 그 애와 나를 돌이켜보면 헛웃음이 난다. 뭐가 그리 무서워서 크지도 않은 방 가까이 붙어 있는 침대를 서로 오갔는지 모르겠다. 우리가 무서워했던 건 어둠이 아니었는지도 모른다. 나와 그 애가 느낀 불안감은 어린 나이에 가족을 떠나온 여행에서 야기된 것일 터였다. 가족여행이나 학교캠프 외에는 경험해보지 못한 먼 나라, 긴 시간의 여행이라는 두려움은 어두운 밤 낯선 침대에서 더욱 커졌을 것이다.

그때보다 몸도 마음도 자라 다른 나라 여행을 즐기고 있는 지금, 내가 가장 선호하는 여행 동행자는 나 자신이다. 홀로 하는 여행을 정말 좋아하게 된 나는 16살의 나와 많은 부분에서 다르다. 지나온 시간만큼 여행경험치가 쌓여감에 따라 두려움도 점점 사라져갔다.

가족 없이 다녀온 첫 미국여행 이후 여행을 아주 좋아하게 된 내가 혼자 해외여행을 떠나기로 한 전날이었다. 짐을 싸고 풀고 다시 싸기를 여러 번, 이미 많은 짐을 빼냈던 캐리어인데 그 무게가 여전히 부담스러워 그만 패닉상태에 빠지고 말았다. 하얗게 질려 안절부절 쩔쩔매는 나를 보며 엄마는 "그냥 가지 마. 아휴, 진짜 널 어떻게 혼자 보낼 생각을 했는지. 안 되겠어, 못 보내겠다"고 하셨다.

딸이 혼자 여행한다는데, 그것도 먼 나라로 간다는데 부모님이 걱정하

시는 건 당연했다. 내가 태연하게 어른스러운 모습을 보여야 했는데
그러질 못했다. 있는 걱정 없는 걱정 다 시키고, 의젓한 것과는 거리가
먼 상태로 나는 출국을 했다. 공항에서 딸을 배웅하고 염려 가득한 맘
으로 혼자 집으로 돌아갈 엄마보다 나는 나 자신이 더 걱정스러웠다.
그러나 살짝 겁에 질려 있는 나를 진정시켜 출국장으로 들이민 것은
바로 나 자신이었다. 내가 바라는 가장 이상적인 여행은 '일상 같은 여
행'이었다. '가장 일상적이고 자연스러운 여행을 할 수 있는 방법은
나홀로 여행'이라는 나의 철학이 겁 많은 내 등을 떠밀어주었다.

차곡차곡 쌓인 여행의 경험만큼 여행의 일상이 한결, 아니 더없이 편
해졌다. 새로움과 낯섦이 두렵지 않은 지금의 나는 가끔 겁 많았던 예
전의 나를 되돌아본다. 낯설고 미숙했기에 더욱 특별했던 경험이 홀로
여행을 즐기는 일상여행자의 길을 열어줬다는 고마움에 가끔 기억 저
멀리에 있는 나를 불러내본다.

오만 가지 걱정을 시키고 가서. 결국, 이렇게 잘 여행할 거면서….

이유를
갖는
공간

　　홀로 떠난 첫 여행. 파리라 다행이었다. 파리와의 첫 만남은
그보다 몇 년 전의 일이었다. 오로지 파리에만 머물렀던 그 여행. 유럽
이 목적이 아닌 파리가 목적인 여행이었다. '한 달간 한 도시'라는 분
명한 목적을 가지고 여행한 첫 도시가 바로 파리였다.

그래서 특별했다. 파리는 내게 분명한 이유를 갖는 공간이었다. 프랑
스 역사, 특히 대혁명 전후시기에 관심을 갖고 있던 사학도에게 파리
는 반드시 가야 하는 도시였고, 확인할 것이 많은 공간이었다. 책 속의
프랑스사는 인상적이었지만 너무나 멀었고, 매력적이고 흥미로웠지
만 생동감이 없었다. 두 눈으로 보고 느끼며 확인할 가시적인 것이 필
요했다.

처음 만난 파리는 엄마와 함께였다. 프랑스어와 프랑스 문학을 전공한

엄마와 역사를 전공하고 프랑스사에 관심이 많던 난 표면적으로는 완벽한 파리여행 동반자였다. 전공과 취향이 잘 맞고, 서로를 누구보다 잘 알고 있는 친구이자 가족이었으니까. 우리의 눈과 머리, 마음은 파리에 정확히 꽂혀 있었다. 다른 곳을 논의하거나 생각해볼 필요가 없는 두 여행자에게는 여행에서 서로 맞춰가고 포기할 것이 적을 거라고, 단점보다는 장점이 많은 여행이 될 거라고 멋대로 생각했다.

"난 프랑스어 다 잊어버렸고 대신 말해줄 생각 없으니, 네 일은 네가 알아서 해."

엄마는 비협조적이었다. 엄마가 특유의 비음이 섞인 부드러운 프랑스어를 우아하게 구사했던 건 헤매던 길을 찾거나 기차표를 사거나 음식을 주문할 때가 아닌, 파리행 비행기 안에서 엄마보다 열 살은 어려보이는 승객이 엄마에게 호감을 보였을 때와 튈르리 공원 꽃밭에서 점잖은 신사가 데이트 신청을 했을 때였다. 서울에서 파리까지, 다시 파리에서 서울까지, 분명 둘이 하는 여행의 일정을 나 혼자 준비해야 했다. 차라리 혼자 올 걸…. 패키지여행을 극도로 싫어하는 우리는 한 번도 패키지여행을 해본 적이 없었다. 덕분에 나는 엄마를 위한 1인 맞춤 가이드와 통역이 되었다.

파리에서의 첫 여정은 자콥 거리Rue Jacob였을 거다. 독특하고 이색적인 상점과 갤러리가 많은 자콥 거리는 일요일이라 문 닫은 곳이 대부분이었다. 우리는 문을 연 곳이 있으면 들어가고, 아니면 쇼윈도를 통해 즐겼다. 그리고는 따뜻한 냄새 가득한 빵집에 들어가 길고 말랑말랑한 바게트를 샀다. 그걸 작은 손에 들고 흔들며 상점 쇼윈도며 오래된 책 냄새 폴폴 풍기는 고서점을 둘러보며 엄마는 소녀처럼 즐겁게 웃었다.

"불문학과에 입학한 게 언제인데, 이제야 프랑스에 와서 바게트를 먹어보네?"

대학시절 꿈꾸었던 '파리행'을 이룬 나이든 소녀의 웃음을 보며, 혼자 올 걸 그랬다는 생각이 슬며시 바뀌었다.

서로에게 다행인 시간이었다. 엄마와 한 달간, 언제 또 그런 시간을 갖게 될까. 쉽지 않은 일이다. 파리가 아닌 다른 곳에서 엄마와 한 달 또는 그보다 짧은 시간이라도 가질 수 있을 것이고, 집에서도 함께일 수 있다. 그런 시간도 의미 있는 여행이고 일상일 것이다. 그렇지만 파리라는 공간을 엄마와 나눈 것은 분명 다른 의미가 있다. 모녀의 취향과 흥미가 한 곳을 향하는 여행은 결코 쉬운 게 아니기 때문이다. 만약 서울, 바르셀로나, 로마, 하노이였다면 그 의미가 조금이라도 퇴색했을지 모른다.

파리는 그래서 특별한 의미가 있었고, 꼭 가야 할 이유를 갖는 공간에서의 시간은 당연하게도 '특별'했고 '다행'이었다.

좋은 곳을
향해

어이없는 실수를 하고 말았다. 한두 번 여행한 것도 아닌데
어떻게 이런 실수를…. 한순간 허세가 약간 있었던가 보다.

기간이 좀 되는 여행에 운동화, 플랫 구두, 웨지 슬리퍼 세 종류의 신을
준비했다. 다채로운 사진을 담으려면 옷에 맞는 신발을 세 개는 가져
가야지 싶었다. 다행히 운동화 말고는 무게가 가벼웠다.

짐을 싸고 빼고 다시 싸는 과정에서, 공간을 차지하는 운동화가 아주
밉상이었다. 인천공항 갈 때 신을 가볍고 편한 (분명 아주 편했던) 플랫
구두를 제외하고 운동화와 슬리퍼를 캐리어에서 빼버렸다. '운동화는
편하긴 한데 너무 무거워. 이걸 빼니 훨씬 가볍잖아. 첫 여행지에서 얼
른 가벼운 운동화를 하나 사면 돼' 라고 생각하며 구둣발로 여행에 나
섰다.

나는 평소에 꽤 많이 걷는 편이다. 그렇게 많이 걸을 때도 편했던 구두이니 여행지에서도 편할 거라고 생각했다. 하지만 아무리 평상시 많이 잘 걸었다고 해도 여행지에서 걷는 것과는 '거리와 정도'가 달랐다. 평소 편했던 은색 펄 플랫 구두는 여행지에서 날카로운 킬힐이 되어 발을 아프게 후벼팠다.

그 발로 런던에서 옥스퍼드, 파리를 거쳐 니스까지 여행한 게 신기할 정도다. 운동화를 살 시간이 전혀 없었던 건 아닌데, 볼 것 많고 갈 곳 많아 뭘 사는 시간이 좀 헛되다고 생각했다. 신발을 살 기회는 번번이 뒤로 밀려났다. 꽤 많은 날을 머물렀던 파리에서 사야 했다. 두 번째 방문인데도 이 도시는 어쩌면 그냥 지나칠 수 있는 게 하나도 없는지… 시간은 순식간에 흘렀고, 발 상태는 점점 심각해졌다. 플랫 구두를 슬리퍼처럼 끌고 다녔다. 차라리 벗고 걷는 게 낫겠다는 생각이 든 건 파리여행 마지막 날이 되어서였다. 나는 만신창이가 된 발을 질질 끌며 간신히 니스로 갔다.

파리에서 떼제베TGV를 타고 6시간 걸려 남프랑스 대표 휴양도시 니스에 도착했다. 니스 역에서 트램을 타고 두 정거장, 눈앞의 골목으로 들어가자마자 내가 묵을 호스텔이 보였다. 마세나 광장Place Masséna과 니스 해변이 코앞에 있는 게 마음에 들었고, 숙소 아래 볕 잘 드는 카페가 있는 것도, 이 카페가 밤이면 Bar로 운영되는 점도 아주 좋았다. 발이 하도 아파 정신이 혼미할 지경이라 미처 못 봤는데, 숙소 앞 작은 길을 건너면 바로 백화점이 있다는 것도 장점이었다.

방에 짐을 부리고 리셉션 데스크로 갔다. 여행정보와 신발 상점에 관해 물을 참이었다. 데스크에는 문의하려는 투숙객이 많아 차례를 기다

모나코 공국 모나코빌의 어느 골목에서 (위)
이탈리아 피렌체 두오모에 들어가기를 기다리며 (아래 왼쪽)
대만 타이베이 단수이에서 (아래 오른쪽)

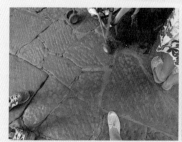 

려야 했다. 키 크고 머리가 노란 동양 여자애가 웃으며 나를 바라보고 있었다. 파리에서 같은 숙소에 묵었던 아이였다. 말 한마디 안 해본 사이라 기억을 못하고 있었는데, 그 아이는 날 기억하고 있었던 거다. 니스에 온 지 얼마 안 돼서 새로운 인연이 생겼다.

여행길에서 누군가를 알게 되면 통성명도 하고 서로의 여행 이야기를 나누기 마련인데, 우린 알게 된 지 5분 만에 함께 '쇼핑'을 하기로 했다. 일단 나는 신발이 급했다! 더 걷다가는 정신을 잃을 것 같았다. 맨발로 걷고 싶은 마음을 꾹꾹 눌러 참으며 일단 길로 나서긴 했는데 처음인 니스에서 게다가 길치인 내가 어디로 가야 신발 가게가 있는지 도대체 알 수가 없었다. 일단 백화점으로 달려갔다. 백화점에 진열된 예쁘고 반짝반짝한 눈 돌아가는 상품들 어느 것 하나 봐줄 기운이 없었다. 곧장 신발 코너로 가서 만신창이가 된 발을 보여주며 아주 편하고 가벼운 신발 하나 달라고 했다. 내 발을 보는 점원의 표정에선 측은지심이 느껴졌다. 점원이 내준 운동화는 일명 프랑스 '국민 신발'이라 불리는 벤시몽Bensimon이었다. 하, 이게 왜 국민 신발인지 알겠다. 상처투성이인 발이 한결 편해졌다. 니스여행 첫날, 지옥과 천국을 모두 경험했다.

발이 편하니 걸음도 착착 날을 듯 가벼웠고, 그제야 친구에게 이름 물어볼 여유가 생겼고, 니스에서 가장 궁금하던 바다와 니스 성이 떠올랐다. 밝은 햇살이 따뜻하다 못해 뜨겁게 머리 위로 내리꽂히는 마세나 광장을 지나 니스 성으로 가는 길에 광장 바닥의 타일 색과 주변 건물 색이 얼마나 잘 어울리는지, 타일과 주변 건물 색이 모두 파스텔톤이라 그럴 거라는 생각이 그제야 들었다. 분명 아까 지나온 길인데, 낯설었다. 발이 편하니 세상이 달라 보이는구나.

처음이자 마지막이었던 여행지 신발 실수 이후, 나는 꼬박꼬박 아주 편하고 가벼운 운동화를 신고 여행길에 나선다. 발이 편해야 여행이 편하고, 삶이 편하다. 발이 불편하면 좋은 곳에서도 좋은 줄을 모른다. 좋은 곳으로 향하기 어렵다. '좋은 신은 좋은 곳으로 데려가준다'는 말은 분명 진리다. 꼬박꼬박 좋은 신을 신고 여행하는 건 걸음걸음 좋은 곳으로 향하기 위해서다.

머
무
는

취
향

여행에서 숙소는 베이스캠프다. 숙소는 여행에서 중요한 부분을 차지한다. '여행 숙소' 하면 가장 먼저 생각나는 곳이 추적추적 내리던 비를 맞으며 도착했던 런던 게스트하우스다. 한국이나 유럽이나 한창 더운 7월 초, 맥시 드레스에 얇아서 속이 비칠 정도인 시폰 가디건만 걸치고 도착한 런던은 비가 내려 무척 추웠다. 아마 첫 홀로 여행, 첫 여정지라는 긴장감까지 더해져 더욱 쌀쌀했을 수도 있다.

길치인 내가 웬일로 히스로 공항에서 피카딜리 서커스 역 부근에 있는 숙소 근처까지 잘도 찾아갔다. 하지만 거기까지였다. 더 이상 알 수 없었다. 비 오는 거리에서 쩔쩔매다가 숙소로 연락했다. 달려 나온 숙소 사장님과 함께 도착한 숙소는 빌라촌에 있었다. 늦은 오후라 투숙객 모두 방을 비워 숙소는 텅텅 비어 있었다. 지금 같으면 도착과 동시에 짐을 대충 꾸려 밖으로 나가고 볼 텐데, 그때는 그저 쉬고만 싶었다. 14시간의 긴 비행으로 지친 데다, 비도 맞았고 정신도 없었다. 그러나 지나친 피곤에는 잠도 오지 않는 법. 눕지도 앉지도 못하고 오도카니 빈 방을 지키고 있으니 투숙객들이 하나둘씩 자리를 채웠다. 나보다 좀 이른 시간에 도착해서 첫 여정을 마치고 돌아온 친구, 더 늦게 도착해서 같이 이러지도 저러지도 못하고 방에 있던 친구, 밤늦게야 숙소에 도착한 친구 등. 같은 방을 쓰게 된 친구들과 금방 친해져 밤늦게까지 도란도란 이야기를 이어 가다 어느 순간 스르르, 풀썩, 잠이 들었다.

아침이 되어 정신을 차린 건 이제는 투숙객에서 친구가 된 이들이 흔들어 깨울 때였다. 간신히 일어나 식당으로 갔다. 하룻밤 내리 자고 났는데도 피곤이 안 풀린 데다 입맛도 없었다. 게다가 닭고기에 닭국이라니! 아침부터! 사장님이 유학생이라는데 아침식사 준비를 제대로나 했을까, 걱정스러웠다. 본인 먹을 것도 제대로 못 챙길 것 같아 보이는

사람이 만든 실험식을 먹는 건 아닌지, 의심으로 한 숟갈을 떴지만 깜짝 놀라고 말았다. 이른 아침에(지금 생각해보면 조미료를 썼을지도 모르겠지만) 특별할 것 없는 재료로 기대 이상의 맛있는 음식을 만들어내는 사람이 우리 엄마 말고 또 있었다. 같은 방 친구들과 한자리 제대로 차지하고 앉아서 국에 밥을 말아 양껏 먹었다. 아침식사를 하며 이 숙소의

장점은 밥이구나, 깨달았다.

전날부터 숙소의 장점을 찾으려고 무던히 애쓰던 참이었다. 사장님의 친절함과 주요 여행지에서 가까운 좋은 위치 외에 도무지 장점이라고는 찾을 수 없는 것 같아 우울해지던 참이었다. 아무리 날씨가 좋지 않은 런던이지만 침대와 이불이 심하게 축축했고, 집안 곳곳은 깨끗한 것과는 거리가 좀 있었다. 남자 사장님이라서 그런가 하는 성차별적 판단을 내리려던 때, 그나마 단점을 일부분 상쇄했던 게 사장님의 음식 솜씨였다.

지나고 나서 생각해보니 단점이 많은 곳이었다기보다는 나와 잘 안 맞는 곳이었을 뿐이다. 나중에 친구들과 이야기를 나누며, 이 숙소에 만족한 친구들도 많다는 걸 알게 되었다. 런던의 숙소를 고를 당시, 나는 나의 숙소 취향을 제대로 알지 못했던 미숙한 여행자였던 거다.

숙소를 고를 때 나에게 중요한 부분은 '청결'이다. 위치나 식사, 안전 등도 고려 항목이지만 청결함을 최우선으로 생각하는 편이다. 유별나게 깔끔한 성격이라서가 아니라 익숙하지 않은 공간에서 최소한으로 지키고 싶은 안락함 때문이다. 낯선 공간을 내 취향과 체취로 채우려면 일단 그 공간이 비워져 있어야 가능하지 않은가 싶다.

내가 경험한 숙소들은 호텔, 펜션, 리조트, 민박, 호스텔, 집 렌트, 게스트하우스 등 여행지가 늘어날 때마다 그 종류도 다양해졌는데, 가장 좋아하는 형태는 호스텔이다. '깨끗하고 위치 좋은 호스텔'이 내가 생각하는 최적의 숙소다. 나중에 또 바뀔 수도 있겠지만, 아직까지 호스텔은 '다양한 친구와 어울리기를 좋아하고, 개인주의 성향이 강해 홀

국 청송 게스트하우스

일본 오사카 에어비앤비

독일 뮌헨 호스텔 1인실

독일 뮌헨 호스텔 조식

오스트리아 빈 호스텔

홍콩 호스텔

로 여행을 즐기며, 약간의 결벽증이 있는 길치'인 내게 가장 잘 맞는 숙박 형태다. 호스텔을 좋아한다고 하면 굉장히 털털하고 어느 정도의 소음이나 더러움에 무딘 사람일 거라 생각하기 쉬운데, 그렇지 못한 게 나도 아쉽다. 소음은 어느 선까지는 견딜 만한데, 청결은 양보하기 어려운 조건이다.

가장 맞지 않았던 숙소는 국내외에서 경험한 민박, 한인 민박이다. 한국인이 운영하는 민박이 갖는 마치 단체 기숙생활 같은 성격이 맞지 않았던 것인데, 특히 일정한 시간에 한 테이블에 앉아 최대한 빠르게 (부엌과 식당이 넓지 않으므로 못 들어온 투숙객들의 식사를 위해 자리를 빨리 비워줘야 한다) 우걱우걱 밥을 먹는 것이 문제다. 나와 다른 취향의 여행자는 단체 식사를 '정'이 있는 가족식사 같다고 여기기도 하던데, 내게 그건 정말 참기 힘든 부분이다. 여행에서 아침시간은 중요하다. 여유롭게 식사하며 책이나 스마트폰을 보며 일정을 점검하고 계획도 세우고, 식사가 끝난 후에는 커피나 디저트를 들며 아직 덜 깬 정신도 차려야 하는 시간이다.

호스텔도 식사 시간이 있지만 좀 더 긴 편이고, 민박보다는 상대적으로 건물 규모가 크기 때문에 넓은 공간에서 자유롭게 식사하는 게 가능하다. 게다가 식사 테이블에서 얻는 '여행정보'는 호스텔의 또 다른 장점이다. 나는 가 본 곳보다 가 볼 곳이 많은 여행자다. 그러니 낯선 여행지에서는 다른 이와 정보를 나누는 게 무척 중요하다. 어느 숙박 형태에서나 리셉션 데스크에서 여행지에 대한 정보를 얻을 수 있지만, 보다 중요한 건 여행자들 사이에서 얻는 정보다. 리셉션에서 추천하는 일반적인 여행지의 정보가 아니라, 여행자가 보고 느끼고 경험한 생생하게 펄떡거리는 정보, 이건 문화적으로 건축학적으로 폐쇄적인 숙소에서는 얻기 어려운 부분이다. 이런 살아있는 정보는 호스텔에서 얻을 수 있는 기회가 많다. 특히 다국적·다문화의 여행자들이 모여 서로 정보와 경험을 교환하고 여행자라는 데 동지애를 느끼며 스스럼없이 친해지고, 때로는 취향과 사고가 꼭 맞는 여행베프를 만날 수 있는 가능성이 많은 곳은 역시 호스텔이다.

여행자는 끊임없이 머무는 존재다. 여행자에게는 자신이 자리 잡는 공간에서 자신을 어떤 형태로 담아낼지, 그 공간을 어떤 방식으로 경험할지, 그 공간이 어떤 필요충분조건을 갖춰야 할지를 파악하는 게 중요하다. 머무는 공간에서 오래 살건, 잠시 잠깐 머물건 자신에게 맞는 공간을 찾는 게 중요한 거다. 머무는 데도 취향이 있는 거다.

여행자 취향에 맞는 공간의 '조건'은 매우 유연하다. 내게는 청결함이 중요하지만, 때때로 내가 원하는 공간의 조건이 늘 선호하던 '청결함'이 아닌 '나의 취향과는 다른 낯선 새로움'이 될 수도 있다. 누군가에게는 주요 관광지와의 짧고 편리한 경로가 좋은 숙소의 조건일 수 있고, 다른 누군가에게는 숙소 내부의 안락함이나 맛있는 식사가 중요할 수도 있다. 여행자마다 다양한 취향이 있으니 각자 머무는 공간을 특징짓는 조건 역시 무수히 많다. 중요한 것은 여행자 자신의 취향을 아는 것이다.

그 순간, 그 시점에서 나의 취향을 파악하는 것. 여행은 자신을 알아가는 과정인 만큼 자신을 잘 아는 자의 여행은 즐겁다.

다
시

여행지를 떠나며 다시 올 것을 생각하는 건 아쉬움 때문이다. 아쉬움은 즐거움 또는 행복의 다른 이름. 여행지에서 받은 즐거움과 행복이 크면 떠날 때의 아쉬움도 크곤 했다.

유로스타를 타고 파리에 도착하며, 생애 가장 큰 아쉬움을 느꼈던 몇 년 전의 기억이 떠올랐다. 마음 안에 몰래 넣어두었던 약속을 몇 년 만에 지키게 됐다. 6년 만에 재회한 파리에서 깊고 편한 한숨이 흘러나왔다. 긴장한 탓이었나, 파리가 편해서였나, 아니면 그들에게 지쳐서일지도 몰라. 유럽여행 첫 나라 영국에서 하필 만난 사람마다 영국은 깔끔하고 안전해서 마음이 편한데 파리는 도둑과 소매치기가 많다고 하니 불안하다고 했다. 런던을 좋게 그리고 런던에 비해 파리를 나쁘게 생각하는 사람들을 계속 만나며 피로감이 밀려왔다. 어쨌든 그들과 달리, 난 파리에 가는 날만을 기다렸다.

동행자 없는 여행, 처음 간 곳이 런던. 지금 생각하면 좋은 추억도 꽤 있는 곳인데, 그리 즐기지 않았던 것 같다. 혼자 하는 여행의 첫 나라, 첫 도시에서 나는 많이 긴장하고 떨었고, 그래서 편하지 않았나 보다. 일반적으로 많은 여행자에게 깨끗하고 안전하다는 평을 받는 것과는 별개로, 내게는 불편하고 '이국'이라는 낯선 느낌이 또렷했다. 그리고 보다 큰 이유가 있었으니, '제국주의의 선두주자'라는 이미지였다.

반면, 파리는 유럽여행 몇 년 전 한 달 간 머물렀던 곳이다. 취향 면에서 전공 면에서 파리, 프랑스에 호감을 갖고 있었고, 프랑스 역사와 문화에 익숙했다. 게다가 나는 근대 문화유산이 많이 남아있는 도시 여행을 좋아하는 여행자였다. 그러니 파리는 내게 여러모로 편안하고 안정감을 주는 공간이자, 문화적 감흥을 강하게 불러일으키는 곳이었다. 역을 나오자 익숙한 도시 풍광이 모습을 드러냈고, 거리의 표지판과 광고판, 불규칙해서 여행 가방을 끌기에는 불편한 보도블록까지 익숙하면서도 특별했다.

이전에 파리에 머물렀던 시기는 파리 특유의 매력을 가장 잘 보여주는 계절이 시작되는 때였다. 여름을 막 지난 초가을에는 스산함과는 거리가 먼 포근한 가을빛이 흐른다. 그 사이로 물드는 가을은, 봄이 주는 풋풋한 설렘과는 다른, 뭔가 여유로운 사람들이 홈파티를 하기 직전의 설렘 같은 게 진하게 묻어난다. 내가 기억하는 파리였다.

높고 푸른 가을 하늘 하면 우리나라인데…. 처음 만났던 파리는 익히 들어왔던 기후의 변화무쌍함 대신 맑은 하늘을 내내 보여줬다. 재회한 파리의 첫날도 아름답고 맑으니 고마울 따름이다. 일상과 여행을 포괄

하는 삶에서 날씨가 차지하는 비중이란 상당히 커서, 날씨에 따라 내가 자리한 공간을 인식하는 바가 달라질 수 있다. 맑고 화사한 날씨는 공간에 긍정적이고 좋은 인상을 주는 반면, 안 좋은 날씨는 공간에 대한 부정적인 인상을 줄 수 있고, 아름답고 매력적인 곳이라도 그걸 인지하기 어렵게 만들 수 있다. 그러니 내가 파리를 긍정하는 것은 공간 특유의 매력과 한국에서부터 그곳에 가진 호감에 더해, 갈 때마다 좋았던 날씨 덕도 클 거다.

역에서 역으로 그리고 역에서 숙소, 2층 방으로 캐리어를 질질 끌며 비오듯 땀을 쏟았던, 재회의 첫날. 난 같이 방을 나누어 쓰는 이들과 인사도 못 나누고, 씻지도 못한 채 그대로 침대에 풀썩 쓰러졌다. 여행에서 언제나 가장 설레는 부분이자 힘든 것은 역시 '이동'이다. 도시에서 도시로의 이동이자, 섬에서 대륙으로의 이동이었다. 홀로 여행의 시작이었던 런던에서 긴장한 탓인지, 유로스타에서 달달달 추위에 떨었기 때문인지 노곤함이 온몸을 덮쳐왔고, 익숙한 파리에 도착했다는 안도감이 더해져, 깊고 깊은 잠 속으로 빨려들었다. 침대 안으로 깊숙이 가라앉으며 그리웠던 이곳을 반갑게 대면할 아침을 꿈꾸는 것은 즐겁다 못해 행복한 일이었다.

노트르담 대성당이 보이는 센 강가

여
행
그
릇

　　여행그릇, 여행을 오롯이 담고 남기는 것. 찰나의 순간과 감
흥을 남길 수 있는 건 어쩌면 불가능한 일이다. 자신이 행하고 느낀 것
이라도, 실체 없는 경험과 감정을 온전히 담을 수 있는 여행자가 과연
얼마나 될까. 어쩌면 불가능한 일임에도 많은 여행자들이 사진을 찍
고, 기념품을 사는 단순한 행위를 통해 끊임없이 여행을 기록하고자
하는 건 소중한 것을 객관화하고 대상화해 결국은 소유하고자 하는 욕
망의 투영일 터. 나 역시 꽤 오랜 시간 동안 기록과 사진이라는 여행그
릇을 통해 나의 여행을 담고 남겨 왔다. 내가 '기록'과 '사진'을 여행
그릇으로 택한 건 글을 쓰고 사진 찍는 걸 좋아해서이기도 하지만, 내
가 아는 가장 값 싸고 작은 부피와 가벼운 무게를 가진 여행그릇이었
기 때문이기도 하다.

한동안 그리 넉넉치 않은 여행자였던 나는 여행비용에 여유가 조금 생기면 열쇠고리나 배지, 엽서 따위 소박한 기념품을 사는 사치를 부려보곤 했다. 하지만 그런 것들이 나의 여행을 담는 그릇이 될 수는 없었다. 내게 그것들은 별다른 의미 없이 쉽게 살 수 있고 보관이 수월했던 물건일 뿐이었다. 무릇 여행그릇이란 내 여행의 의미와 기억을 담을 수 있는 것이어야 하는데, 상당한 기간 그 역할은 기록과 사진이 수행해왔다. 그러다 특정한 아이템을 또 다른 여행그릇으로 삼게 되었다.

자신만의 여행 기념품을 수집하는 여행자들을 보며 흥미롭다고 느꼈다. 대만 타이베이에서 만난 한 친구는 착하게도 여행하는 내내 가족생각을 하고 가족에게 가져갈 선물만 사고 자신을 위한 건 아무것도 사지 않더니, 공항에서 출국 전에 대만 지도 모양의 열쇠고리를 딱 하나 자신을 위한 기념품으로 골랐다. 친구는 자신의 방을 찍은 사진을 보여줬는데, 그 방에는 벽에 붙여둔 투명한 고리마다 여행지에서 사온 열쇠고리가 걸려 있었다.

스페인 바르셀로나에서 함께했던 친구는 여행지에서 기념엽서를 사서 자신에게 편지를 쓴다고 했다. 그 편지를 받아 수집하는 것이다. 여행지에서 느꼈던 감상에 자신에게 하고 싶은 조언이나 격려를 덧붙여 집으로 엽서를 보내는 것은 여행지에서만 해볼 수 있는 뜻깊은 체험이고, 여행을 마치고 집에서 자신이 보낸 편지를 받아보는 것 역시 의미 있는 경험이라고 했다.

많은 여행친구들이 여행지에서 마그네틱을 사서 냉장고나 철제 가구에 붙여둔다. 마그네틱 수집을 무척 좋아하는 한 블로그 친구는 섬세

하게 제품을 고르고, 재미있는 에피소드를 블로그에 올려 좋은 반응을 얻었는데, 덕분에 이웃 블로거들로부터 다양한 여행지 마그네틱을 선물받기도 했다. 나도 마그네틱을 보면 이 친구가 생각날 정도다.

열쇠고리, 배지, 엽서, 마그네틱, 달력 등 다양한 기념품이 여행지의 특징과 수집하는 사람의 취향을 반영하며 수집자의 트레이드마크가 되기도 한다.

언젠가부터 나는 인형을 수집하기 시작했다. 인형은 여행지의 특색과 문화를 가장 잘 담고 있으며, 인간의 삶과 문화를 집약적으로 보여주는 것이라는 생각이 들어서였다. 여행지 특유의 의상이나 머리장식을 갖추거나, 그 지역의 문화나 신앙을 드러내는 인형을 보면 마치 여행지에서 새로운 친구를 만난 듯 반갑고, 이 친구와 함께 집에 돌아와 여행을 추억하는 것도 즐거운 일이다. 여행지에서 만나 함께 여행하고 내 집에 안착한 인형들, 이들은 여행의 기억을 불러일으키며 그 기억을 나와 공유하는 것 같다는 점에서 또 하나의 여행친구다. 표정도 모양도 제각각인 이들에게서 읽어내는 여행지 특유의 문화와 관습이 흥미롭다. 각기 다른 모습으로 다른 표정을 지으며, 다른 말을 걸어오는 것만 같다. 어떤 이는 인형은 사람을 닮은 것 같아 무섭지 않냐고 하지만, 난 사람을, 나를 닮은 그들이 친근하다.

내 여행과 일상, 삶의 공간을 나누며, 나의 삶을 나의 취향과 방식으로 담아내주는 여행그릇인 그들이 고맙고 친숙하다.

낭
비
한

시
간

삶에 늘 의미 있는 시간만 있는 것은 아니다. 별거 아닌 일에 시간을 쏟고, 그 때문에 정작 중요한 일이 지체될 때가 있다. 하지만 지나고 보면 실수와 낭비 또한 기억이 되고 추억이 되어 이야기를 남기고, 의미를 만들어 삶의 한 부분을 차지하게 된다.

발이 여행에서 갖는 중요성이야 아무리 강조해도 지나침이 없는데 번번이 발을 혹사하는 걸 보면 나는 여전히 미숙한 여행자인가 보다. 연구소 일로 떠나온 교토 출장에서도 내 발은 여간 고생한 게 아니었다. 교토는 우리나라 경주와 문화적 · 지리적 성격이 비슷한 곳. 사찰과 유적지가 많아 좋기는 한데 주요 명소가 곳곳에 퍼져 있고, 명소까지 대중교통이 연결되지 않는 경우가 많아 뚜벅이로 다녀야 했다.

고다이지高台寺를 끝으로 여행 일정을 마무리하는 날이었다. 하루 동안 발이 부르트도록 다녔으니 숙소에서 지친 발을 쉬어도 좋았으련만, 나와 동료 둘은 버스를 타고 힘겹게 기온祇園까지 갔다. 우리에겐 나름 뚜렷한 목적이 있었다. 발 파스를 사는 것!

7시, 초저녁이지만 교토에는 밤이 일찍 찾아왔다. 상점과 식당, 건물에 불이 꺼지고 드문드문 서 있는 가로등에도 이미 어둠이 내려 앉아 있었다. 그나마 기온 거리는 일반적인 교토의 저녁과는 다르게 띄엄띄엄 불빛이 보여 다행이었다. 버스에서 내리니 어두운 거리를 배경으로 오렌지색의 야사카八坂 신사가 화려한 모습을 드러냈고, 신사 앞으로는 한국의 명동이라고 할 만한 기온 거리가 이어지고 있었다.

차양이 드리워지고 등불이 밝혀진 운치 있는 기온 쇼핑가에서 우리가 사고 싶었던 건 오로지 발 파스였다. 일본에서 파는 발과 다리 전용 파스는, 효과가 정말 좋아 짧은 시간 안에 통증이 완화되곤 했다. 그러니

이 파스는 나를 포함한 동료들의 여행 필수품이었다. 교토여행은 직원 교육 차원의 출장이라 많은 곳을 다니는 일정이었고, 하루에 걷는 양이 상당했다. 하루 일정을 마치고 나면 발바닥, 발목, 종아리가 사정없이 아팠는데 이걸 이겨낼 수 있었던 건 발 파스와 입욕제 덕분이었다. 입욕제를 욕조에 넣어 탕 목욕을 하고 바로 발과 다리에 파스를 잔뜩 붙이면, 피로가 한결 풀리고 살 것 같았다. 파스 덕분에 다음 날 일정을 소화할 수 있었다고 해도 과언이 아니었다.

그런 중요한 파스가 여행 3일째 저녁에 똑 떨어졌다. 좀 더 넉넉히 사 둘 걸, 그렇게 많이 쓸 줄 몰랐었다. 우리는 다음 날을 위해 반드시 피로를 풀어야 했다. 여럿이 움직이는 일정인데 몇 사람이 체력 약한 여자라고 눈치를 받을 수는 없었다. 강한 의지를 품고 파스를 사러 밤거리로 출동했는데, 숙소 근처 약국과 편의점을 뒤지고 뒤져도 우리가 찾는 제품이 보이질 않았다. 결국 버스를 잡아타고 큰 드럭스토어가 있는 기온 밤거리에까지 나서게 되었다.

양손 가득 파스를 사와 붙이고 잔 덕분에 다음 날 아침, 좋은 '다리 컨디션'을 가질 수 있었지만, 우리가 기온 밤거리에서 보낸 시간은 정말 의미 없는 시간이었다. 귀중한 밤 시간을 숙소에서 하루의 여행을 정리하며 되새겨보고, 다음 여행지를 계획하는 등 의미 있는 일로 보낸 게 아닌, 파스 따위를 사는 데 뿌리다니!

교토여행의 낭비한 시간을 돌아보며 나는 그 낭비가 여행에만 있는 일이 아님을 느낀다. 나는 하루의 많은 순간을 낭비에 '바치고' 있다. 출근하는 지하철 안에서 토막잠을 자거나 좋아하는 책을 읽거나 잠을 깨우고 마음을 안정시키는 음악을 듣는 등 의미 있는 일을 하며 알뜰하게 시간을 보내는 대신, 어서 지하철이 목적지에 도착하기를 바라며 '멍 때리며' 앉아 있는 시간이 참으로 많다. 물론, 나는 '멍 때림'을 버리는 시간이라고 생각하지는 않는다. 사람들은 대부분 이 시간을 생산적인 활동과 거리가 있다고 생각하지만, 나는 사실 이 멍 때리는 시간을 즐긴다.

나의 일상과 여행에 낭비한 시간이란 얼마나 많은지. 그런데 의미 없는 시간, 허비한 시간, 버린 시간도 삶에는 필요한 것이 아닐까. 그런 시간이 모이고 모여 의미 있고 소중한 순간을 뒷받침하고, 되돌아보면 살포시 웃음 나는 재미있는 추억이 되기도 하니 말이다. 여행과 일상이 반드시 의미 있는 것으로만 연결되고 가득 찬다면 오히려 '의미'를 찾는 건 어려울지도 모른다. 그리고 언뜻 그렇게 보이지는 않을지라도 삶에 의미 없는 것이란 없다. 그 시간도 나의 삶이고, 나 자신이니.

이렇게 글을 쓰는 걸 보면, 기온 밤거리에서의 시간도 낭비한 시간만은 아니었음을 방증하는 것 같다. '낭비, 헛된, 의미 없는' 등의 말로 나의 여행, 일상, 삶, 존재의 의미를 낮추고 싶지 않다. 의미가 쉽게 보이지 않는 시간 속에서 의미를 찾다 보면 일상 같은 여행, 여행 같은 일상을 살아가는 건 아주 쉬운 일이 된다.

나홀로,
어느
순간보다

여행은 누구와 함께 하느냐에 따라 모습을 달리한다. 나홀로, 또는 가족과 함께, 친구나 연인과 함께 등 다양한 형태의 여행이 있다. 각자 선호하는 여행이 있고 가장 잘 맞는 동행자가 있을 텐데, 나는 나와 하는 여행을 가장 좋아한다. 함께하는 여행도 즐겁지만 홀로 하는 여행의 다채로운 매력을 알게 된 후로는 가장 좋아하는 여행 형태로 나홀로 여행을 꼽는다. 먼저, 쉽게 여행할 수 있다는 장점이 있다. 가까운 곳이든 먼 곳이든 불현듯 길을 나설 수 있다. 누군가와 여행 일정을 맞출 필요가 없다는 건 홀가분한 일이다. 지금 막

떠나야 하는데, 지금밖에 시간이 안 되는데, 다른 이와 일정을 맞추는 게 어려워 여행하지 못한다면 얼마나 억울한지. 나홀로 여행에는 원하는 때 훌쩍 가뿐하게 떠날 수 있는 자유가 있다.

여행지에서 눈치 보지 않고 조율하지 않아도 된다는 것도 이점이다. 하루를 통째로 궁궐이나 박물관에서 보낼 수도 있고, 장기 여행에 지칠 때는 온종일 침대에서 뒹굴뒹굴 쉴 수도 있다. 배가 고프지 않으면 먹지 않아도 되고, 멋진 풍광 앞에서 사진 100장을 찍어도 뭐라 할 사람이 없다. 어렵게 시간 낸 여행에서 동행자를 의식해서 꼭 하고 싶은 일이나 가고 싶은 곳의 일정을 포기하는 일은 꽤 큰 희생이다.

나처럼 사람을 좋아하는 여행자에게 다양한 여행친구를 만날 수 있는 기회를 주는 것도 나홀로 여행이다. 사람을 좋아하는데 혼자 떠난다는 건 언뜻 모순적인 것 같지만 나홀로 여행에서는 동행자와 함께할 때보다 많은 인연을 깊이 만날 수 있다. 내가 여행지에서 혼자였던 순간은 거의 없다. 온전히 혼자인 순간은 내가 원할 때였고, 여행 중 원치 않는 외로움을 느낀 적은 거의 없었다. 여행지에서 늘 새로운 친구들을 만났다. 나홀로 여행자는 동행자가 있는 여행자보다 쉽게 여행친구를 만나고 서로를 알아가는 시간을 갖기 쉽다. 누군가 내게 말을 걸고 새로운 관계를 맺고 싶어 해도, 내게 동행자가 있다면 그 사이의 친밀감을 뚫고 다가오는 것은 쉬운 일이 아니고, 나 역시 동행자가 있으면 동행자 외의 다른 사람에게 관심을 갖기 쉽지 않다.

나홀로 여행은 나 자신을 온전히 바라보며 나와의 시간을 깊게, 오래 가질 수 있는 기회를 준다. 사람은 생각보다 자기 자신을 잘 알기 어려운데, 자신이라는 존재는 익숙한 것 같지만 자기 본연의 특징이나 성

향을 자신에게 고스란히 드러내는 경우는 드물다. 만약 드러내더라도 그걸 인지하기가 쉽지 않은데, 홀로 보고 느끼고 결정하며 행동하다 보면 자신도 몰랐던 본연의 성격, 취향, 사고를 알 수 있게 된다.

이렇게 다양한 나홀로 여행의 장점 중 내가 생각하는 가장 큰 장점은 홀로 여행이 일상여행을 즐기는 가장 좋은 방법이라는 것이다. 우리는 많은 시간을 혼자서 생각하고 선택하고 행동하며 살아간다. 아침에 일어나 이를 닦고 차 마시고 출근하는 것과 같은 일상적인 일들에 있어 다른 이의 참여를 필요로 하는 사람은 거의 없을 것이고(물론 특수한 경우는 제외하고), 그것이 자연스러운 일이다. 일상이 이러한데 여행은 꼭 누군가와 함께해야 할까? 나는 그저 나와 함께 해보는 자연스러운 경험이 좋아 홀로 여행을 즐긴다. 즐거운 시간 안에 온전히 나를 담아내기 위해.

테 마 가 있 는
여 행

늘 가고 싶은 곳이 많으니 언제나 여행에 목마르고, 여행갈 증을 풀기란 어려운 과제를 하는 것만 같다. 내 몸이 여러 개라면 이곳 저곳 동시에 가 볼 수 있겠지만, 나는 홍길동이 아닌지라 항상 아쉬운 여행자일 뿐이다.

학생이라면 방학을, 직장인이라면 휴가와 연차를 이용해 여행하는 것이 일반적인데, 방학과 휴가는 제한이 있기 마련이다. 시간만이 아니라 자금도 문제다. 시간이 많으면 자금이 부족하고, 자금이 좀 여유로우면 시간이 없다!

부족한 시간과 돈으로 하는 여행이니 만큼 더 큰 만족을 느낄 수 있다면 좋을 거다. 나는 이를 위해 먼저 여행을 '왜' 떠나는지, '어떤 방식'으로 할지 생각해보곤 한다. 장기간의 여행은 물론, 하루여행도 이런

독일 뮌헨 괴테 하우스 도서실 (위)
영국 런던 세인트 제임스 교회에서 열린 벼룩시장, 피카딜리마켓 (아래)

고민으로 시작한다. 시간이 나서, 그저 가까워서, 유명하다니까 등 그냥 가서 눈에 보이는 대로 보고 마음에 닿는 걸 느끼는 것도 좋을 때가 있지만, 목적 없는 여행이 이어지면 자칫 여행에 대한 흥미를 잃어버릴 수도 있다. 목적 없는 삶이 알차고 의미를 갖기 힘든 것처럼. 여행과 삶에서 목적을 찾는 일은 중요하고 필요한 일이다.

나는 테마를 갖고 여행하는 편이다. 나의 관심사를 확장하다 보면 자연히 여행테마가 만들어진다. 그러기 위해선 먼저 내가 좋아하는 걸 잘 알아야 한다. 여행을 계기로 나 자신에 대해 탐색하며 돌아보는 것도 즐겁고 의미 있는 경험이다. 나는 역사와 문학이라는 '전공'과 사진이라는 '취미'를 살려 여행하는 편이다. 역사와 문학에 대한 관심은 여행지에서 나를 이끄는 동력이라 자연히 여행지의 유적지, 박물관, 미술관에 들러 오랜 시간을 보내곤 한다. 박물관은 여행지의 과거와 현재의 문화를 연결하여 보여주는 공간이다. 박물관 내외부 모습은 그 지역의 문화와 관습을 대변하고 있는 부분이 많아 흥미롭다. 박물관과 함께 내가 즐겨 찾는 곳은 미술관. 미술작품과 미술을 통해 접하는 역사, 미술사가 흥미로워 여행지의 미술관을 꼭 찾곤 한다. 작가의 생가, 저술 장소, 작가와 관련된 유품 및 저서를 전시·보존하고 있는 문학관을 찾는 것도 즐거운 일이다.

또 다른 나의 여행 테마는 사진이다. 어려서부터 사진 찍기와 찍히기를 무척 즐겨왔는데, 여행하며 즐겁고 행복한 순간, 아름다운 풍경, 인상적인 모습 등을 포착하는 즐거움이 더 깊어졌다. 내게 사진은 취미이자 확고한 여행 테마다. 내가 사는 서울이나 근교로 짧은 여행을 즐길 때는 대개 기차와 기찻길을 테마로 잡는다. 기차와 기찻길에는 낭만적인 정서가 깃들어 있다. 서울 곳곳에 지금은 기차가 다니지 않는 폐철길이 자리해 도심 안에 이색적인 낭만을 자아내고, 서울에서 멀지 않은 근교에는 예쁘고 개성 있는 기차역이 꽤 많다.

취향과 관심에 따라 여행테마를 잡으면 된다. 관심사가 뚜렷하지 않다면 이를 계기로 자신이 집중하고 즐길 수 있는 것을 찾아보는 것도 좋겠다. 나의 취향에 맞춰 여행하는 것이니 여행의 즐거움을 높일 수 있고, 여행의 목적을 이룬 데 대한 성취감도 느낄 수 있다. 테마가 있는 여행은 삶의 가성비가 좋은 여행이다.

필수 vs.
필수는
아니지만

　　나의 여행 준비는 보통 카메라를 찾는 것으로 시작된다. 여행할 때마다 카메라를 바꾸지는 못하지만, 특별히 중요하고 많이 기대되는 여행을 앞두고는 카메라를 바꾸곤 한다. 카메라는 나의 여행 필수 아이템 중에서 맨 처음을 차지한다. 기계 욕심이 없는 나이지만 카메라에는 욕심이 많고, 그 욕심과 싸우는 것은 매번 너무 힘들다.

파리여행, 유럽여행, 일본여행을 준비하며 가장 먼저 했던 일도 인터넷에서 카메라 종류와 사양을 검색하는 것이었다. 배경이 잘 나오는 카메라, 부드러운 파스텔톤 사진이 인상적인 카메라, 피사체의 생동감을 생생하게 보여주는 카메라 등 지나간 여행의 시간에 따라 카메라의 특징과 모습도 다르다.

욕심이 많은데 크고 무거운 DSLR을 들고 다니는 건 주저된다. 그런데

슬슬 DSLR에 눈이 가기 시작했으니 큰일이다. 사진 찍는 건 즐기지만, 기계치라 여러 기능을 수월하게 조작할 줄 모르면서도 욕심만 커가고 있으니. 지금 있는 카메라들 기능을 익히기도 전에 벌써 다른 카메라가 눈에 들어오는 건 사진 욕심에 대한 반영이기도 하다. 여행 욕심이 끝이 없으니 사진과 카메라에 대한 관심에도 끝이 없다.

반면, 여행 필수품은 아니지만 내가 여행에 꼭 챙겨가는 것들로는 블랙커피와 헤어드라이어가 있다. 호텔, 펜션, 민박, 호스텔, 집 렌트, 게스트하우스 등 다양한 숙소에서 묵어봤지만, 내가 가장 좋아하는 숙박 형태는 호스텔과 게스트하우스다. 아무래도 세계 각지에서 온 다양한 사람을 만날 수 있고 재미난 경험을 할 기회가 많아서다. 호텔의 경우에도 룸 쉐어room share를 좋아한다. 다른 숙박 형태에 비해 친구를 사귀기도 좋고, 상대적으로 좋은 룸 컨디션을 저렴한 숙박비용으로 취할 수 있는 이점이 있다.

하지만 여럿이 사용하는 방에서 헤어드라이어가 내 차지가 되기까지는 한참을 기다려야 했고, 여행지로 개발이 덜 된 곳의 호텔에는 헤어드라이어가 없기도 했다. 긴 머리 스타일을 가진 나는 머리를 말리지 않고서는 감당이 안 되니, 여행 필수 아이템도 아니고 여행가방의 공간도 꽤 차지하는 헤어드라이어를 꼭 챙긴다. 이 정도 소박한 사치쯤은 좀 부려도 된다는 생각이다.

인스턴트 블랙커피도 꼭 챙긴다. 나는 지독한 커피쟁이인지라 하루에도 커피를 6~7잔 마시곤 한다. 여행지에도 커피전문점이나 카페가 많지만, 아침에 일어나자마자 커피 한잔 마시고 하루를 시작해야 하는

나는 인스턴트 블랙커피를 늘 갖고 다닌다. 카페에서 마시는 것만큼 만족스럽지는 않지만, 그런 맛이야 곧 나가서 맛볼 거고, 일단 침대에서 일어나자마자 한잔 쭉 마시고 봐야 하니까.

여행에 필수는 아니지만 빠질 수 없는 아이템, 헤어드라이어와 블랙커피. 나의 여행을 조금은 편하게, 기분 좋게 해주는 것들이다.

여행 실수,
선물일지도

　　파리여행의 마지막 날, 첫 여정은 몽소 공원이었다. 숙소에
서 알게 된, 파리가 처음인 세 친구를 이끌고 기고만장하게 올라탄 지
하철은 목적지 반대 방향으로 달리고 있었다. 미안해하는 나에게 밝고
착한 친구들은 괜찮다며 이곳을 즐기면 되지 않냐고 해주었다. 그렇게
우리는 파리에서의 마지막 아침을 몽소 공원에서 시작했다.

몽소 공원은 파리 8구역 몽소Monceau 역 근처에 넓게 자리하고 있는 영
국식 정원으로, 입구에 그리스 양식 건물이 있다. 공원의 건축가 카르
몽텔은 공원 안에 그리스, 스위스, 이집트 등 여러 나라 양식의 건축물
을 다채롭게 배치하여, 정원을 재미있고 흥미로운 공간으로 꾸몄다.
요즘 미니어처 테마파크와 비슷하다.

아침부터 공기 좋은 산책로를 상쾌하게 거니니 팔랑팔랑 날아갈 것만

같았다. 인공적이지만 자연스럽게 잘 조성된 건축물과 잔디, 꽃. 머리 위로는 하늘이 맑고 높게, 발아래에는 녹지가 싱그럽고 푸르게 펼쳐졌다. 프랑스 스타일의 아기자기하고 우아한 느낌은 아니지만, 시원스런 분위기의 영국 공원도 매력 있었다. 나 때문에 친구들의 일정이 틀어지게 되어 많이 미안했는데, 다들 고맙게도 내 덕분에 좋은 곳 구경했다며 즐거워했다.

여행하며 실수를 저지른 게 당연히 파리에서만은 아니다. 피렌체에서 피사로 하루여행을 할 때였다. 피렌체에서 피사로 가는 기차는 자주 있었다. 하지만 피렌체 대성당에 가고, 양가죽 시장에 가느라 오전 시간을 다 써버린 뒤라, 시간이 넉넉하지 않았다. 서둘러 열차를 탔는데, 너무 들떴던 탓인지 몇 정거장 전에 하차하고 말았다. 기차역을 나오며 느낌이 쎄 했고, 지나가는 사람들에게 물어보니 역시나 그곳은 피사가 아니었다. 걸어가면 30분 안에 갈 수 있다는 말에, 다행히 피렌체에서 만난 길 잘 찾는 친구가 있었던 덕분에 피사까지 걷기로 했다. 어딘지 모를 이탈리아 작은 마을은 모든 게 생경하고 낯설었다.

아, 기차에서 안 내렸으면 지금쯤이면 도착했을 텐데… 낭패다 싶었다. 그런데 그 작은 도시를 걷고 또 걸으며 어느새 자책과 낭패감은 슬며시 엷어지고 있었다. 언제 또 이름 모를 이탈리아 소도시를 거닐어보겠는가. 여행일정이 완전히 틀어진 것도 아니고 2~30분만 걸으면 피사인데, 뭐 어떤가. 어릴 적 숨바꼭질을 할 때 생각이 났다. 낯선 곳에 숨어 있다가 나왔을 때와 비슷한 기분처럼 재미있기도 했고 우습기도 했다. 작고 아담한 소도시 풍경을 벗 삼아 친구와 도란도란 이야기를

나누며 걷다 보니 어느덧 피사였다. 기차타고 편하게 빨리 왔다면 보지 못했을 작은 마을의 매력을 경험한 것이다.

파리와 로마에서처럼, 여행에서 길을 잃거나 예정된 길을 벗어날 때 의외의 기쁨과 즐거움을 마주하기도 한다. 여행실수는 선물일지도 모른다. 기대 없이 받는 기분 좋은 깜짝 선물. 여행지에서 실수를 하더라도 이제는 당황하지 않는다. 나를 찾아온 또 다른 즐거움을 맞을 기회를 두려워할 필요도, 무서워할 필요도, 귀찮아할 필요도 없으니까.

몽소 공원에서의 시간

피렌체에서 피사로 가는 길. 잘못 내렸던 역 (위)
피사로 가는 열차 안 (아래 왼쪽),
잘못 내렸던 작은 역사의 대합실 (아래 오른쪽)

일 상 같 은 여 행 ,
여 행 같 은 일 상

일상 같은 여행을 하며, 여행 같은 일상을 살아가는 것. 여행과 삶에 대한 나의 철학이자 인생 목표다. 여행과 일상이 다른 것이 아니고 결국 삶의 한 부분이라는 점에서 같다고 생각하기에 여행을 바라보는 시각도 일상을 대하는 태도도 별반 다르지 않다.

여행은 일상으로부터의 탈출이나 일탈로 규정되기도 하고, 일상과는 별개의 세상으로 떠나는 것으로 인식되곤 한다. 여행지에는 일상에는 결여된 특별하고 새로운 보석 같은 것들이 숨어 있을 거라고 기대하기도 한다. 하지만 내가 여행을 하면 할수록 분명해지는 생각은 여행이 일상처럼 느껴지고, 일상이 여행이라는 것이다.

어느 순간부터 여행을 하며 일상생활에서와 같은 편안함을 느낀다. 파리 숙소 부엌에서 서툰 솜씨로 저녁식사를 준비하거나, 베네치아의 골목골목을 서울 우리집 동네 돌아다니듯 거닐 때, 하루에도 격차가 큰 런던 날씨에 당황하지 않고 살포시 내리는 비쯤은 그냥저냥 맞고 다니며, 서울 포장마차에서 새빨간 떡볶이를 콕콕 찍어 먹듯 호치민 노점상에 털썩 주저앉아 쌀국수 면발을 후루룩 먹고 나서 주인아줌마가 권하는 그다지 깨끗해 보이지 않는 요거트를 디저트 삼아 푹푹 떠먹을 때 여행은 낯설고 물선 것이 아닌 그저 일상이 되어준다.

그런 한편, 일상에서도 두근거림과 설렘, 특별함을 느끼게 되었다. 늘여행이 고픈 일상여행자이지만, 항상 떠나기만 할 수는 없는 노릇이다. 내게 주어진 일이 있고, 져야 할 책임도 있으며, 앞으로의 여행을 준비하거나 지난 여행을 뒤돌아볼 시간을 갖기 위해서라도 일상을 살아가는 것이 필요하다. 그래서 시작된 것이 '일상여행'이었다. 떠나고 싶은데 그러지 못할 때 나는 일상 안에서 여행한다. 먼 거리로 오랜 시간 떠나는 것만이 여행은 아니다. 주어진 여건 안에서 나만의 여행을 즐기며 '여행해갈'을 풀어내곤 한다.

일상여행은 소소하고 다양할 수 있다. 여행지에서 끄적거린 메모와 사진을 보며 추억을 상기하는 건 아주 쉬운 일상여행이다. 인터넷 포토북 사이트를 이용해 나만의 여행포토북을 만들어 소장하거나 소중한 사람들에게 선물하는 것도 좋은 방법이다. 나는 여행에서 돌아오면 포토북을 만들어 외할머니께 드리곤 했다. 아흔이 넘은 외할머니는 여행을 함께 다니기는 힘드시지만, 손녀가 가져온 포토북을 보며 여행지 구경도 하시고, 손녀딸이 재미있게 여행하는 모습을 대견스러워하셨다. 할머니에게 포토북은 손녀와의 소통 창구이자 당신이 여행하는 방법인 거다.

여행지에서 메모해둔 글, 여행 중 썼던 일기에 기억을 되새겨가며 살을 붙여 블로그 같은 나만의 기록 공간에 여행기를 써 보는 것도 즐거운 일상여행이다. 이게 내가 가장 즐기는 일상여행이기도 한데, 여행기록을 통해 또 다른 여행을 시작하는 거다. 나홀로 첫 유럽여행 이후 블로그에 여행의 감상과 기록을 꾸준히 적어 나갔다. 여행기를 쓰는 동안에는 마치 여행이 끝나지 않은 것 같아 아쉬운 여행의 끝을 지연시킬 수 있었고, 여행이 끝난 데 대한 아쉬움과 우울함도 어느 정도 해소할 수 있어서 독하디독한 여행 후유증을 이겨낼 수 있었다.

일상여행의 또 다른 방법으로, 앞으로 떠날 여행을 생각하며 가볼 여행지를 정하고 여행계획을 구상해볼 수도 있다. 시간 날 때마다 여행을 즐기고, 부족한 시간과 돈을 어떻게든 만들어 여행하는 나이지만, 여전히 세상은 넓고 가볼 곳이 많다. 여러 여건으로 다음으로 미뤄둔 여행지, 전에는 미처 몰랐던 새롭게 알게 된 여행지, 지금 모르지만 언젠가 알게 되고 가고 싶어질 미지의 여행지 덕분에 미래의 여행은 무수히 많은 경로와 방향을 갖는다. 이런 걸 하나씩 정리하다 어느새 그 계획이 실현되는 멋진 경험을 한 게 한두 번이 아니다. 당장 실현되지 않아도 좋다. 여행계획을 정리하고 구상하는 자체가 즐겁고, 그러는 사이 다음 여행의 실현 가능성은 점점 커지게 될 것이기 때문이다.

즐겁게 여행했던 곳의 특색을 살린 이색적인 컨셉의 카페나 가게를 찾는 것으로도 여행해갈을 풀어낼 수 있다. 그리스, 베트남, 프랑스, 스페인, 인도, 태국 등 다양한 나라의 분위기로 꾸며진 카페나 식당이 꽤 있다. 다녀온 여행지의 음식과 분위기는 그곳의 추억을 떠올리게 하고, 앞으로 가볼 여행지의 분위기는 기분 좋은 두근거림을 주곤 한다. 꼭 여행지 컨셉이 아니더라도 괜찮다. 여유로운 날, 익숙한 동네나 장소가 아닌 낯선 카페 문을 열고 들어가 본다. 나를 아는 이 하나 없고, 신선하고 참신한, 기분 좋은 느낌이 가득한 공간에서 좋아하는 커피를 들며 그저 그런 낯섦 속에서 나는 일상여행자가 된다.

하루여행도 좋다. 하루나 반나절은 크게 부담 없으면서도 여행하는 데 충분한 시간이다. 나는 서울과 근교로 곧잘 하루여행을 한다. 서울은 도시이지만 여러 왕조의 수도 역할을 거듭했던 곳이라 내가 좋아하는 유적지가 많고 경복궁, 창경궁, 창덕궁 등 고궁도 많이 자리하고 있다. 북촌이나 서촌에는 이색적으로 느껴지는 예스러운 한옥 정취가 가득하다. 주요 박물관과 미술관으로 역사·문화여행을 떠나볼 수도 있다. 밝은 낮에 이런 곳을 거닐다 어느덧 땅거미가 질 때쯤 나오면 흡사 시간여행을 한 것 같은 기분도 맛볼 수 있다.

서울 근교로 눈을 돌리면 여행지의 범위는 더욱 넓어진다. 내가 자주

찾는 곳이기도 한 인천 차이나타운에는 중국, 대만, 홍콩 등 비슷한 듯 다른 중화권 문화가 혼재되어 있다. 중국풍 목조가옥과 대만 먹거리인 펑리수와 밀크티, 거대한 패루牌樓, 전통적인 중국 건축양식의 문와 곳곳을 물들인 붉은 색감은 나를 당장 대만과 중국으로 떠나지 않고는 못 배기게 만들었다. 강촌과 춘천도 하루여행으로 가볼 만하다. 학기 말이면 학생들이, 휴가철이면 여행객들이 앞다투어 그곳을 찾는 이유가 있다. 이른 아침 출발한다면 군산이나 강원도 대관령 양떼목장까지도 하루여행으로 다녀올 수 있다. 나야 서울에 살고 있으니 서울과 그 근교로 하루여행을 떠나는 것이지만, 다른 지역에 사는 사람이라면 그 지역과 그 근방을 하루여행할 수 있다. 아무래도 서울보다 문화여행을 하기엔 부족함이 있을 수 있지만, 인접한 지역으로 더욱 다양한 경로의 지역여행을 할 수 있는 게 지역 거주 여행자가 가진 장점이자, 서울 거주 여행자가 부러워하는 점이다.

가본 적 없다고 해서 여행지가 낯설고 물선 것만은 아니다. 굳이 먼 곳
으로 오랫동안 떠나 있어야만 하는 것도 아니다. 나의 여건 안에서 가
고 싶은 곳에 가서, 하고 싶은 것을 하며 즐기다 오는 게 여행이다. 누
구라도 일상생활에 특별한 의미를 부여하기 시작하면, 평범한 듯 보였
던 일상을 이색적으로 즐길 수 있고, 여행지에서 낯선 이방인이 되어
뭔가 겉도는 듯한 이질감 외에 편안함과 안락함을 느낄 수 있다. 어느
새 일상여행과 여행일상의 경계는 허물어지고, 여행과 일상이 교차된
공간에서 일상여행자로 살아갈 수 있다.

Part 2

—

여행을 부추기는
사진 한 장

하루여행,
만병통치약

　　나는 짧은 여행도 아주 좋아한다. 하루여행은 물론, 주말에 떠나는 1박 2일의 쉼표여행도 좋다. 여행하다 보면 여행 자체가 지루해지는 순간이 생긴다. 편안하고 익숙한 게 좋고, 금방 적응한 나 자신이 기특하기도 하지만, 지루함이 밀려올 때에는 머물고 있는 여행지에서 또 다른 여행을 해본다. 근교로 짧은 소풍을 다녀오는 건 분명 몸과 마음을 환기시켜주는 힘이 있다.

바르셀로나의 여름이 바다를 찾게 했다. 7월의 유럽⋯ 어디고 덥지 않겠느냐마는 그해 바르셀로나는 평년보다 무척 더워 나를 쩔쩔매게 했다. 물이라면 바다, 강, 시내, 수영장 등 가리지 않고 좋아하는 물 중독자인 나는, 바르셀로나에 도착해 근처 어디에 바다가 있는지부터 알아봤다. 여행 중 하루는 물놀이를 하러 바다로 갈 생각이었다. 다행히도 바르셀로나에서 지하철로 갈 수 있는 가까운 거리에 큰 바다가 있었다. 바르셀로네타 역에 도착해 바르셀로네타 해변^{Playa de la Barceloneta}으로 가는 길. 잘 놀려면 먼저 잘 먹어야 했다.

바다에 왔으니 해산물 요리로 배부터 채울 참이었다. 혼자였다면 그리고 스페인이 아니었다면 일단 접었을 푸짐한 식사였다. 다행히도 길에서 만난 일행이 많았고, 유럽에서 상대적으로 물가가 저렴한 스페인이었고, 스페인 음식은 짜고 매운 간이 세서 한국인의 입맛에 잘 맞으

니 입 짧고 돈 아쉬운 여행자에게 맞춤이었다. 바르셀로네타는 시우타데야 공원의 남쪽에 있는 해안 구역인데, 다양한 위락시설과 해산물 요리를 선보이는 레스토랑이 많아 괜찮은 식당 찾기가 쉬웠다. 주변을 둘러보다 손님이 유독 많은 집으로 들어가, 샹그리아^{sangria}부터 주문했다. 식전 알코올 한 모금은 언제나 진리다. 기분이 급상승했다. 우리는 먹고 싶었던 싱싱한 새우와 스페인식 볶음밥 빠에야^{Paella}, 단체로 등장한 해산물 등을 와구와구 맛나게 해치웠다.

레스토랑에서 디너 같은 푸짐한 점심을 배부르게 먹고, 완전히 충전되어 다시 바다로 향했다. 샹그리아의 알코올 기운이 살짝 올라 더욱 들뜬 우린 말도 많아지고 발걸음도 빨라졌다. 해변에 도착하기 전에 항구가 보이는데 푸른 하늘, 푸른 바다 그리고 바다에 정박해 있는 새하얀 보트의 모습은 참으로 달콤했다. 항구를 지나 바르셀로네타 해변에 도착하고 보니, 이렇게 넓고 큰 바다가 도시 가까이 있을 수 있나 싶었다. 도시 근처에 지하철만 타면 금세 갈 수 있는 바다가 자리하고 있다니, 부산의 해운대가 연상되었다.

도심 근처라 그런지 깔끔하고 깨끗하게 조성된 해변에, 주변에 레스토랑 등의 위락시설도 많고 화장실과 샤워시설까지 잘 갖춰져 있었다. 해안 산책로를 따라 이어진 야자수와 길 따라 죽 놓인 긴 벤치는 누워서 바다와 하늘을 즐기기에 딱 좋았다. 하지만 그런 신선놀음은 나중에 할 일이었다. 일단 발에 모래도 묻히고, 시원한 물에 풍덩 하는 게 먼저였다. 워낙 무더위가 강했던 때라 모래사장은 일광욕 중인 사람으로 가득했다. 간신히 자리를 잡고, 오전에 보케리아 시장^{La Boqueria}에서 사온 과일을 먹으며, 모래사장의 따뜻함과 밝은 햇살을 즐겼다. 모래에 꼬물꼬물 발가락을 묻어보고, 바다와 하늘을 배경으로 사진도 담고, 짐을 지키기 위해 두 사람씩 물놀이를 즐겼다. 역시 여행은 옳다. 여행 안의 여행도 옳다. 그 여행이 물을 향한 것이라면 더욱.

니스에서 기분 나쁜 일을 겪었다. 한국에 두고 온 것들, 두고 온 일 중 잘못된 게 있었다. 내 실수가 아닌 다른 이의 잘못으로 벌어진 일로, 30분이나 휴대폰을 붙들고 있어야 했다. 맥이 탁 풀렸다. 여행하는데 이런 미적지근하고 찜찜한 일을 겪어야 하다니. 숙소에 누워 쉬고만 싶어졌다. 정작 바라는 건 그게 아닌데, 상한 기분을 피하고자 손쉬운 방법을 찾으려 하고 있었다.

원래는 좋은 계획이 있던 날이었다. 그날 나는 하루만에 모나코를 다녀올 계획이었다. 일찍 일어나 아침식사를 든든히 하고, 일찌감치 모나코에 갈 생각이었는데… 너무 많이 늦어버렸다. 많은 계획과 일정이 틀어졌다. 이미 하루를, 여행을 통째로 망친 기분이었다. 그냥 쉴까. 지치고 피곤한 몸과 맘이 쉬운 유혹을 하고 있었다.

다행히도 단 20분 거리였다. 니스에서 모나코까지는 기차로 겨우 20분이면 갈 수 있었다. 운행간격도 짧았다. 늦었지만, 만회가 가능한 시간과 거리였다. 그래, 가자. 이대로 누워버린다고 해결될 건 아무것도 없잖아. 나중에 짜증만 더 날 거야. 무엇보다 기분에 무너져버리는 게 마음에 안 들었다. 가자, 가. 지금 당장 일어나!

길을 나선 지 5분도 안 되어 기분이 나아졌다. 아니 좋아졌다. 니스의 햇살은 얼마나 포근한지. 한여름이라 무척 더웠지만, 따뜻하고 포근하고 밝은 기운이 온몸을 감쌌다. 마음이 편안해지고 여유가 생겼다. 숙소에서 트램을 타면 니스 역까지 1~2분이면 될 거리였다. 걸어서 30분이 걸렸지만 괜찮았다. 이미 늦은 거 몇십 분 더 늦는데 연연하지 않기로 했다.

프랑스 지중해 연안의 휴양도시 니스에서 동쪽으로 약 30km 거리에 자리한 입헌군주제 국가 모나코 공국. 니스에 들른 건 모나코에 가기 위해서였다. 그런데 모나코 여행을 포기하려고 했다니. 아니 될 일이다. 몬테카를로 역 밖으로 나오니 높은 지대임이 실감났다. 모나코와 니스는 해안가 도시라는 공통점이 있지만 세부 모습은 상당히 달랐다. 바다를 끼고 있는 휴양도시란 것 외에 니스와 모나코의 인상에서 공통점을 찾기 쉽지 않았다.

면적 2km², 세계에서 두 번째로 작은 나라 모나코. 작지만 부유한 이 나라 국민은 세금을 내지 않는다고 한다. 세금은 카지노 수입에서 충당할 수 있다고. 언어는 프랑스어, 화폐는 유로화를 사용하는 등 프랑스와 많은 부분을 공유하고 있어, 독립국이라기보다는 프랑스의 한 도

시인 것 같지만 엄연한 공국이다.

작고 부유하고 화려한 도시 같은 국가, 매력적이고 낭만적인 정서가 느껴지는 모나코는 헐리우드 스타 그레이스 켈리의 현대판 신데렐라 스토리까지 더해져 동화 속 나라 같은 느낌마저 든다. 단정하고 고급스럽고 화려한 모습에 압도됐다. 푸른 바다와 선명한 대비를 이루며 항구를 빼곡히 채운 하얀 고급 유람선들에 감탄했다. 모나코에 온 이유 역시 현실 속 동화를 몸소 확인하기 위해서였다. 여행에는 때로 비현실적인 경험도 필요하다. 모나코의 다섯 지구 중, 내가 가장 많은 시간을 보낸 곳이 왕궁이 있는 모나코 지구, 즉 모나코빌Monaco-Ville인 것도 그런 이유 때문이다.

모나코빌 맞은편 광장에는 레스토랑, 기념품 상점, 과일 상점 등이 들어서 있다. 광장 한켠에서 작은 음악회가 열리고 있었고, 여유롭게 음악을 감상하는 사람들 뒤로는 놀이기구를 타는 아이들이 보였다. 행복하고 편안해 보이는 모습이었다. 모나코에서 그 유명한 샬롯 카시라기 공주는 못 보았다. 공주는 아마 여름이라 휴가지에서 휴양 중이었을 테지. 아니었다고 해도 내가 그녀를 만날 일은 없을 거다. 그럼에도 모나코 왕실 사람들은 많은 여행자를 모나코로 부르는 현대판·현실판 동화의 주인공이다. 광장에서 물과 과일을 사며, 쇼윈도 어디에나 붙어있는 샬롯 공주의 사진만 겨우 보고 모나코빌로 걸음했다.

모나코빌에 있는 모나코 대공궁Palais Princier de Monaco은 1215년 제노바인이 세운 요새를 16세기에 궁전으로 개축한 것으로, 다른 나라 다른 지역의 왕궁에 비해 외관이 수수하다. 요새로 지어진 만큼 언덕 위에 있는 덕분에 땀을 뻘뻘 흘리며 올라가야 했지만, 궁 앞의 전망대에서 조

망하는 항구의 경관이 매우 아름다워 충분히 보상이 된다.

모나코 이곳저곳에서 왕족과 왕실의 모습을 발견할 수 있었는데, 모나코빌에 가니 그런 특징이 더욱 두드러졌다. 어떤 기념품점에 들어가더라도 왕실과 관련된 상품이 진열되어 있고, 쇼윈도의 기념품은 왕실 그 자체였다. 모나코의 국왕 알베르 2세와 왕비인 샤를린 위트스톡, 모나코의 전 왕비였던 그레이스 켈리, 그녀의 아들딸 손녀손자들의 어린 시절 모습 등. 모나코는 왕실을 철저히 관광상품화하고 있었다.

왕궁 앞 광장에서는 근위대 교대식도 진행되는데, 왕궁이 소박한 만큼이나 교대식에도 큰 볼거리는 없었다. 왕궁을 지나 좁은 골목으로 들

어갔다. 건물 대부분이 밝은 노란색을 띠고 있었고 때 묻지 않은 깨끗한 모습이라 햇살 속에 빛나는 모습이 화사하고 아름다웠다. 그런 건물 중 가장 아름다웠던 게 모나코 대성당Cathedrale de Monaco이었다. 이 성당은 헐리우드 배우 그레이스 켈리와 모나코 왕자 레니에 3세의 결혼식이 있었던 장소로 유명하며, 그들이 잠들어 있는 곳이기도 하다. 로마네스크 양식과 비잔틴 양식이 혼합된 본당의 모습이 인상적인데, 성당의 지하 왕실 묘역에 그레이스 켈리 부부가 나란히 잠들어 있다.

2005년에 세상을 떠난 레니에 3세는, 23년 전 교통사고로 죽은 왕비 그레이스 켈리를 평생 그리워하며 재혼하지 않고 살았다고 한다. 사실 모나코 대성당은 아름답긴 하지만, 유럽의 다른 많은 화려하고 웅장한 성당에 비해 상대적으로 아담하고 소박해 볼거리가 많지 않다. 그러나 화려함이나 웅장함 없이도 특유의 기품 있는 분위기와 낭만적인 정서를 지닌 곳인데, 그건 그레이스 켈리의 현대판 신데렐라 스토리와 러브스토리가 주는 인상 덕분인지도 모른다.

깨끗하고 밝은 골목을 거닐며 화사한 건물과 풍경을 대하는 게 좋긴 한데, 재미는 좀 적은 것 같다. 슬슬 동화에 지쳤던 것일까. 세상에 흔한 것이 아닌 왕실, 신데렐라 스토리, 국왕의 사랑 등은 분명 인상적이고 흥미를 끄는 상품성이 뚜렷한 동화지만, 세상이 늘 동화 같지는 않은 법이다. 다행히도 모나코빌의 골목을 누비며 익숙한 모습을 마주하니 동화의 피로가 스르르 풀렸다. 쇼윈도 앞에 그리운 추억을 상기시키는 그림이 진열되어 있었다. 여자 어른과 두 아이의 모습이 담겨 있는 그림은 날 눈이 빠지게 기다리고 계실 그리운 엄마와 어릴 적 바닷가에서 함께했던 추억을 환기시켜 주었다. 못 박힌 듯 꽤 오래 그림 앞

을 떠나지 못했다.

즐거이 동화 속을 유영하다, 그 동화가 지쳤을 즈음 만난 익숙한 현실까지, 모나코 하루여행은 즐거운 소풍이었다. 아침에 상한 기분과 나쁜 감정으로 몸마저 안 좋아지는 걸 느꼈는데, 기분도 몸도 말끔히 좋아졌다. 하루여행은 만병통치약인가 보다.

모나코빌에서 만난, 어릴 적 엄마와의 추억을 불러낸 쇼윈도의 그림

기
찻
길

마

법

　기찻길에는 낭만을 넘어선 특별한 정서가 흐른다. 뭔가 좋은
일이 이루어질 것만 같은, 새로운 무언가를 만날 것 같은 기분 좋은 느
낌이 함께한다. 기찻길이 있는 곳이라면, 별다른 게 없다 해도 그저 좋
다. 철길을 향한 마음은 한국에서는 춘천, 정동진, 군산, 진해, 곡성 여
행으로 이어졌고, 바다 건너 다른 나라로도 이끌어주었다.

　춘천 김유정 폐역사와 그 앞에 자리한 폐철로에서 불현듯 깃든 봄을
발견했던 건 깜짝 선물과 같았다. 80.7km, 1시간 반, 낭만의 길을 달려
도착한 춘천. 작가의 향토적 흔적과 북스테이션의 생경하고 멋진 모습
은 기대했지만, 이런 마법 같은 서정을 대면할 줄은 미처 몰랐다. 봄을
찾아간 곳에 진짜 봄이 있었다. 이제는 더 이상 역으로 기능하지 않는

김유정 폐역사와 폐철로는 수명을 다했음에도 지쳐 보이지도, 초라해 보이지도 않았다. 그곳에 봄이 내려와 있었고, 청춘의 푸릇한 기운이 가득했으니까. 춘천의 봄, 청춘의 봄, 김유정의 봄이 그곳에 있었다.

알려진 이름만큼 볼 건 없고 사람만 많다는 소리를 너무 많이 들어온 터라 정동진을 향한 발걸음에는 기대감이 전혀 없었다. 바다를 좋아해서 갔던 거지, 산이었다면 그런 소릴 듣고 갔을 리 없다. 물은 언제나 옳다. 바다는 최고다! 정동진에 들어서는 길목에서 알았다. 실수했구나. 눈으로 보기 전에 판단하면 안 되는 것을 잊고 있었다. 큰 실수임이 분명했다. 바다 내음에 설풋 생경한 멋이 느껴졌다. 폐철로였다. 바다 앞에 남겨진 폐철로. 바다와 철길, 얼마나 낭만적인 조합이고 특별한 어울림이었는지. 정동진에 대해 그동안 들어온 많은 진부한 증언들을 바닷바람에 날려 보냈음은 물론이다.

군산을 찾은 것도 기찻길 때문이었다. 근대의 역사와 아픔을 넘어선 설움이 깃든 그곳을 철길 덕분에 찾았다. 어디선가 경암동 철길마을을 봤는데 가지 않을 수 없었다. 아직 주민이 사는 곳을 조심스레 거닐며, 묘한 아름다움과 함께 아픔을 느꼈다. 군산에서 아픔을, 슬픔을 느끼지 못하는 이는 우리 역사에, 그 고장에 대한 이해가 없는 게 분명하다. 마음은 복잡했지만 그나마 다행이었던 건 그곳이 살아있는 공간이어서였다. 죽은 공간이었다면, 쇠락한 기운만이 가득한 곳이었다면 불편함도 복잡함도 미안함도 더 깊고 컸을 거다. 고맙게도 철길마을은 근대의 뚜렷하고 분명하고 지독했을 아픔을 딛고, 지금의 눈으로는 분명

예스러운 멋과 향을 지녀, 그곳을 찾는 이에게 즐거운 울림을 주는 곳
으로 변모했다. 군산이 대견한 이유고, 그곳을 다시 찾을 이유였다.

봄날의 진해는 꿈이었다. 진해여행은 버킷리스트의 한 자리를 차지하
고 있었다. 흩날리는 벚꽃 사이로 달려오는 벚꽃 열차의 모습은 퍽이
나 달콤했다. 실상 진해 경화역에는 전국 사진가들이 앞다투어 사진
전쟁을 벌이는 예쁘지 않은 모습도 보였고, 사진가들 아니라도 사람으

로 덮여 지친 표정을 가진 곳이었다. 그럼에도 가고 싶었던 건 꿈결 같은 그 모습을 대하고 싶은 마음이 더 컸기 때문이다. 열차가 경화역에 들어서자 솜뭉치인 듯 눈뭉치인 듯 보였던 벚꽃이 한 잎 한 잎 흩날렸다. 가득한 인파에도 출사 전쟁터의 모습에도, 분명 꿈을 대했다.

곡성 가는 열차는 전 좌석 매진이었다. 달콤한 연휴를 앞두고 뒤늦게 기차예매를 시도했다. 혹시나 하는 마음에 예매 사이트에서 새로고침하길 수십 번. 결국 가혹한 현실을 받아들이고 입석을 예매했다. 무려 4시간을 서서 가야 했다. 곡성에 기차마을이 있다는데, 아니 갈 수 없다. 서서라도 가리라… 간이 좌석에라도 앉아, 식당 칸에서 꾸역꾸역 간식을 사 먹으며 눈치를 보면서라도 아니면 통로 바닥에 신문지라도 깔고 가겠어…. 그런데 잠시라도 앉아 가자고 빈 좌석에 앉은 게 4시간을 내리 앉게 되었다. 나 혼자였으면 운이 좋다 싶었을 걸, 동행자의 좌

석까지 공짜로 얻은 것에는 기찻길 마법이 이끌었다고밖에! 기찻길에 도착하기도 전에 마법이 시작됐다. 오랜 시간 기찻길을 향한 사랑이 그렇게 되돌아오고 되갚음되었다고밖에!

결국은 바다를 건너고 말았다. 철길 하나 때문에 시작한 대만행이었다. 타이베이 근교의 작은 마을 스펀+分에 간 건 처음부터 기찻길 때문에 시작된 여정이었다. 기찻길이 주는 낭만적 느낌은 힐링과 행운이라는 정서로 이완되고, 그곳에서 소원을 빌면 쉬이 그리고 아름답게 이루어지리라는 믿음을 낳았다. 많은 이가 스펀 기찻길에서 하늘 높이 천등을 날리며 소원을 비는 것도 그런 까닭일 터였다.

작은 마을 입구로 들어서면 기찻길이 마을을 양쪽으로 가르고 철길 양옆으로 천등을 파는 작고 예쁜 상점들이 옹기종기 모여 있다. 상점 밖에서는 천등에 글씨를 적고 있는 여행객들이 이색적인 모습을 연출하며, 철길에는 하늘로 천등을 날리려는 사람이 가득했다.

천등을 날리려면 먼저 상점 안으로 들어가 안내판을 보고 천등을 고른다. 천등의 색에 따라 소원의 성격과 천등 가격이 달라진다. 천등의 색을 고르면 거치대에 천등을 걸어준다. 붓으로 천등에 소원을 적는데, 총 4면에 다 적는다. 그리고 나면 상점 직원이 천등을 돌돌 말아 기찻길로 가져간다. 천등과 함께 사진을 찍어주는데, 재미있게도 총 4면을 모두 보이게끔 사진을 찍어준다. 한 직원이 사진을 찍어주고, 다른 직원은 각 면을 돌려주고 사진 찍을 땐 천등 뒤로 쏙 숨는다. 능숙한 직원들의 도움을 받아 천등을 날리면, 순식간에 하늘 위로 사라져버린다. 한순간에 끝나는데도 많은 사람들이 스펀을 찾고 천등을 날리는 것은

기찻길의 마법을 믿어서일 게 분명하다. 소원을 이뤄주는 기찻길 마법의 힘. 어느 곳에서나 이루어진다면 그건 마법이 아닐 거다. 영화〈그 시절, 우리가 좋아했던 소녀^{You Are the Apple of My Eye}(2011)〉의 남녀 주인공, 가진동과 진연희가 군이 기찻길을 찾아 천등을 날리며 어리고 풋풋한 사랑이 이루어지길 빌었던 것처럼.

상점 안에서 갖가지 천등을 구경하고 있으니, 밖이 소란스럽다. 상인들이 빠른 속도로 기찻길 위에 있는 천등과 상품들을 치우고 있다. 곧이어 그 철길 위로 기차가 전속력을 다해 달려왔다! 그곳의 철길이 큰 의미를 갖고 천등 날리기로 문전성시를 이루는 것은 폐철로가 아닌 실제로 기차가 다니는 철길이라는 특별함 덕분인 것 같다.

기찻길을 향한 끈질긴 마음은 스펀으로 만족하지 못하고, 기어코 징통까지 가도록 만들었다. 징통은 스펀과 멀지 않은, 핑시선의 종착역에 자리한 작은 마을이다. 스펀에서 천등을 날리며 소원을 빈다면, 징통에서는 대나무 조각에 소원을 써 철길 옆에 매달아 놓는다. 징통에 가는 이들 역시 기찻길의 마법을 찾는 것이다. 영화〈타이페이에 눈이 온다면^{Snowfall In Taipei}(2012)〉의 주인공 메이가 잃어버린 목소리를 다시 찾

고자 하는 것처럼, 이곳을 찾는 이 가운데 마음에 품은 소원 하나쯤 없
는 사람이 없을 터였다.

징통의 또 다른 특별한 점은 용기만 있다면, 출발을 앞둔 기차가 있는
철길에 내려갈 수 있다는 것이다. 호기롭게 출발을 5분 정도 앞둔 기차
앞에 서서 소원을 빌어본다. 천등이나 대나무 조각 없이 그저 기찻길
에 내 마음을, 소망을, 믿음을 기대본다. 평생토록 일상 같은 여행, 여
행 같은 일상을 즐기며 이어갈 수 있기를. 일상과 여행의 마법 같은 시
간이 풀리지 않기를. 언제나 그 시간을 즐길 수 있기를. 설사 늘 행복
하고 즐겁지만은 않더라도.

사진 한 장이
이끈 곳

사진 한 장 때문이었다. 물 위의 집과 다리, 길게 늘어진 버드나무, 일렁이는 붉은 등. 사진 한 장이 상하이로 이끌었다. 상하이가 목적이 아니었다. 상하이 근교 수향마을, 주자자오朱家角에 가기 위한 여행이었다. 원래 중국에 관심이 깊지 않았다. 싫든 좋든 한자 문화권에 속한 나라에 살고 있으니, 중국은 가보지 않았어도 익숙한 곳이었다. 언제든 갈 수 있는 가까운 곳이기도 했고, 다른 곳을 많이 다녀보고 난 후, 좀 더 나이 들면 가야지 하고 마음먹었던 곳이었다.

어느 날 한 장의 사진을 보았다. 물 위의 도시, 동양의 베네치아라고 불리는 곳이라는데 베네치아와 비슷한 것 같으면서도 느낌이 뚜렷하게 달랐다. 물의 마을이고 도시라는 점도 끌렸다. 나는 도시와 시골 중 도시를 선택하는 데 머뭇거리지 않는 취향을 가졌다. 물이 있고 도시가

있는 그곳에 가야 할 이유는 너무도 분명했다.

주자자오 사진을 본 그날 바로 항공편과 숙소를 알아봤고, 한 달이 못 되어 상하이행 비행기에 몸을 실었다. 중국과 상하이가 설레어서가 아니었다. 난 그저 물의 도시에 어서 가야 했고, 얼른 보고 싶었다. 여행에서 조급함은 좋은 것이 아니거늘, 주자자오를 향한 조급한 마음만큼은 쉽사리 누를 수 없었다.

상하이여행 둘째 날 주자자오로 향했다. 지하철 8호선 다스제大世界 역 3번 출구 근처에서 분홍색 버스를 기다리기가 얼마나 힘들던지. 후주고속노선沪朱高速快线 행 버스를 타면 한 시간이 채 안 걸려 주자자오에 도착할 수 있다. 역에 도착해 얼른 사람들이 나가는 방향으로 따라갔어야 했는데, 사진 찍느라 방향을 놓치고 말았다.

조금 헤매며 느릿하게 수향마을로 향했다. 늦춰진 길이 차라리 다행이다 싶었다. 소중한 만남을 지연시키고 싶은 기분을 나는 느끼고 있었다. 서울 내 방 노트북에서 보았던 사진 한 장의 마법을 금방 풀고 싶지 않았다.

잠시 길을 헤매다 큰길 상점가를 찾아냈고 그 길을 따라가다 오른쪽 길로 접어들었던 거 같다. 먹거리 노점상이 무척 많았던 길목을 지나 점점 좁은 골목으로 들어갔다. 주자자오에는 물도 많고 골목도 많다고 했는데, 그걸 확인하며 기분이 자꾸자꾸 더 좋아졌다. 어려서부터 골목을 좋아해, 좁고 작은 길을 대하면 반갑고 기분이 좋다. 과자 파는 상점, 중국식 족발 파는 가게, 관광객을 대상으로 하는 장신구 상점이 이어지며 길이 조금씩 넓어지고 다리가 보이기 시작했다. 아기자기하면서도 독특한 분위기를 자아내는 목조가옥들로 이루어진 골목을 벗어나니 물 위의 마을이 나타났다. 은은한 청자색을 띠는 강물과 그 강을 오가는 나무배, 강을 사이에 둔 양쪽 마을을 이어주고 있는 다리 등 서울에서 그리던 모습 그대로인 풍경에 미처 예상하지 못했던 묘한 서정적인 분위기까지 더해졌다.

'동양의 베네치아'라는, 베네치아의 명성에 뭔가 끼워 맞춘 것 같은 수식어는 괜한 말이 아니었다. 주자자오의 나무배는 베네치아의 곤돌라만큼이나 인상적이었다. 물의 도시, 물 위의 마을이 주는 감흥은 크고 깊을 수밖에 없다. 물이란 게 얼마나 크고 무서운 것인가. 얼마나 강한 힘을 가진 것인가 말이다. 그런 물 위에 터전을 만들고 그 위에서 삶을 꾸려간다는 건 존경받아 마땅한 일이다. 물과 사람이 이루어내는 자연과 도시의 만남. 그것이 내가 물의 도시를 좋아하는 이유다.

베네치아의 화려함을 좋아하는 이라면 주자자오에 실망할지 모른다. 그러나 베네치아에서 얽히고설킨 물길과 골목, 그 안에 자리한 사람들이 빚어내는 삶의 이야기에 귀 기울였던 사람이라면, 주자자오에서도 그런 모습을 다시 마주할 수 있다. 베네치아가 화려하고 석조 건물과 다리로 이루어진 곳이면, 주자자오는 좀 더 소탈하고 서민적인 분위기를 풍기는 곳으로 목조가옥, 목조다리, 목조배 등 나무로 이루어진 곳이다. 나무 질감이 주는 고유의 고혹적인 분위기와 자연적인 색감이 자아내는 그윽한 분위기가 정말 좋다.

한참을 다리 위에서 시간을 보내다 작은 골목으로 걸음을 옮겼다. 골목을 거니는 중에도 주자자오의 물은 사이사이 모습을 드러냈다. 그리 깨끗하지는 않지만, 조금 거친 느낌을 주기도 하지만 그 골목이 내 눈에는 예쁘게 보였다. 주자자오의 골목이 예쁜 건 '이야기가 있는 공간'이라 그렇다. 골목 안에는 많은 이야기가 있을 게 분명했다. 시간을 들여 알아내고 귀 기울이기에 충분한 가치 있는 재미있는 이야기들이 있을 거다. 사람과 자연이 조화로운 곳에 이야기가 없을 수 없다. 길지 않고 크지 않은, 좁은 골목과 작은 마을 어느 한 군데 그냥 지나칠 수가 없어 발걸음은 자꾸만 지체되었다.

나무배는 자그마한 선착장에서 탈 수 있다. 선착장의 생김새와 규모가 베네치아 곤돌라 선착장과 비슷했다. 배는 위에 덮개만 달렸을 뿐 사방이 뚫려 있어 어느 자리에서고 밖의 풍경을 대할 수 있다. 사공 아저씨는 열심히 그러나 무심히 기계적으로 노를 젓고 있었다. 웃음기 가신 얼굴로 열심히 노만 젓는 사공은 곤돌리에의 친절한 태도와 유머러스한 표정과는 또 다른 깊은 인상을 주었다. 이곳 뱃사공에게 노를 젓는 일은 낭만보다는 생계에 가까워 보였다.

주자자오의 물은 짙고 어두운 녹색인데, 햇빛이 비치면 밝은 청자색을 띤다. 그 물빛의 색감이 신비롭다. 언뜻 뱃머리까지 갈 수 있을 것 같은데, 뱃머리에 다리를 늘어뜨리고 앉을 수 있을 것만 같고 그럼 참 좋을 것 같은데, 배 안쪽에서 중심 잡기가 쉽지 않다. 아쉽지만 뱃머리로 가는 것은 포기하고 시선을 멀리 두어 방생교放生橋를 바라본다. 방생교는 주자자오에서 가장 유명한 다리다. 이 다리 밑 동그란 아치 아래를 지나면 뱃놀이가 끝난다. 배에서 내리며 무표정한 사공에게 웃음으로 인사를 건네니 그제야 미소로 답한다.

배를 타기 전에 시간을 많이 썼는지 벌써 저녁이 너울너울 다가오고 있다. 분위기 좋은 목조가옥 찻집에도 가고 싶은데 상점들이 문을 일찍 닫는 게 아쉽기만 하다. 생각해보니 여기 와서 물 한 모금 안 마셨다! 주자자오의 아름다움에 취해 허기를 잊고 있었다. 아직 문을 닫지 않은 노점상에서 소시지 몇 개를 사서 먹으며 골목길을 빠져나왔다. 자꾸만 자꾸만 뒤돌아서 물 위의 마을을 두 눈에 꾸욱 눌러 담으며.
내 방 노트북에서 보았던 곳을 두 발로 걷고 두 눈에 담다니, 저 멀리 손닿지 않는 곳에 있던 반짝임이 내 손 안에 쥐어지는 느낌이었다. 그렇게 나는 또 하나의 특별한 여행을 나의 일상 안으로 끌어왔다.

길 잃기에
완벽한 곳

베네치아는 여실히 도시였다. 수많은 물길이 있는 물 위의 도시, 자연을 품은 도시였지만, 그럼에도 그곳의 정체성은 지극히 도시적이었다. 붐비는 사람들, 빽빽하게 들어선 건물, 번잡한 교통 그리고 무엇보다 그곳이 간직하고 있는 문화는 베네치아가 대도시라는 걸 뚜렷이 보여주고 있었다.

나는 도시를 좋아하는 여행자다. 누군가는 도시 여행을 즐기는 걸 이해하지 못했다. 자연스러운 풍경을 봐야지, 자연을 즐겨야지, 인공적이고 인조적인 걸 경험하다니, 늘 살아가는 곳이 도시면서 도시를 좋아하다니, 일상을 떠나 다른 것을 경험하는 게 여행인데… 라고. 하지만 나는 도시가 좋다. 도시 여행을 즐긴다.

도시를 좋아하는 건 사람을 좋아하는 데서 연유한다. 사람이 있고, 사람이 만든 풍경이 좋다. 사람이 있는 마을, 도시, 공간이 흥미롭다. 사람이 사람을 위해 만든 건축물, 특히 중세와 근대의 건축물 그리고 사람의 문화와 역사를 담고 있는 미술관과 박물관을 즐긴다. 더불어 일상과 여행이 괴리되는 것이 아닌 결국 같은 지점에 있다고 생각하기에, 여행이 일상을 닮아도 개의치 않는다. 나의 일상의 공간, 도시를 여행으로 다시금 대하는 게 즐겁다.

더구나 참으로 매력적인 도시가 아닌가. 도시민의 정체성을 가진 여행자가 물의 도시, 이탈리아의 대도시, 교통의 요충지로 여행한 때문이었을까. 그곳이 낯설지 않았다. 매력적이기까지 했다.

일상을 여행처럼 여행을 일상처럼 즐기는 데는 조건이 있다. '낯섦'이나. 낯설게 하기. 일상이나 여행이나 낯설고 신선하게 만드는 거다. 많은 이가 여행이란 익숙한 일상을 벗어나는 것이라고 여기지만, '낯설게 하기' 라는 조건이 충족되면, 일상도 신선할 수 있다. 반대로 이 조건이 충족되지 않는다면 여행도 평범하고 무료할 수 있다.

베네치아는 이상하게 낯설지 않으면서도 매력적이었다. 그것은 물 때문이었다. 도시를 가르며 흐르는 물도 신기할진대, 물 위의 도시라니. 그거였다. 물이 이 도시에 낯선 시선을 주는 까닭이었다.

물, 골목, 도시. 베네치아는 나의 모든 취향을 담고 있는 곳이었다. 도착하는 순간 빠져버린 곳은 베네치아가 처음이었다. 피렌체를 떠나 해가 질 무렵, 물의 도시에 도착했다. 피렌체 숙소에서 우연히 대학동문 몇을 만나 베네치아에 대한 경험을 전해 들었다. 전공은 달랐지만, 타국 타지에서 동문을 만난 반가움에 여행일정과 기억을 나누었는데, 베

네치아 일정이 더욱 길었으면, 하고 아쉬워하는 내게 그들은 "그거면 길게 있는 건데요, 뭘. 하루 이틀이면 충분한 곳이에요"라고 했다. '그 것 참 다행이네' 했던 생각은 도착하는 순간, '말도 안 돼!'로 바뀌었 다. 도착과 동시에 아쉬움이 엄습했다.

물의 도시에서 느긋하게 길을 잃어보기로 했다. 골목골목 숨은 즐거움 과 마주하기 위한 자발적 길 잃기를 감행하기로 했다. 말 그대로 감행 이었다. 길치에 방향치인 나에게 '길 찾기'는 도전이고 모험인데, 반 대로 무려 '길 잃기'라니. 다행이었던 건 그곳이 길을 잃을 수밖에 없 는 곳이라는 거였다. 어디를 봐도 아름다움 그 이상의 풍경이 자리한 곳이니, 한순간 넋 놓고 있다 보면 어느새 길과 방향을 잃기 일쑤였다. 다행히 길이란 잃어도 결국은 연결되었다. 잃어버린 길 어느 곳에서든 새로운 즐거움을 경험하니 행운이었다. 보이는 아름다운 면면을 즐기 고 누리다 보면 잃었던 길도 금방 다시 찾는 기분이라 괜스레 안심이 었다. 덕분에 길치 맞춤형 도시에서 매 순간 방심하며 길을 잃었다.
숙소를 나가 제일 먼저 만난 건 이탈리아를 처음으로 통일한 초대 국 왕 비토리오 에마누엘레 2세의 기마상이다. 기마상 주변으로 가면과 열쇠고리 등을 파는 노점상이 있어, 작은 가면 마그네틱과 열쇠고리를 샀다. 그리고 바닷가로 갔다. 뒤로 바다가 펼쳐지고 바다 건너편 산 조 르조 마조레 성당Basilica di San Giorgio Maggiore이 바라다보였다. 성당이 건 너다보이는 자리, 배 몇 척이 서 있던 바닷가는 곧 베네치아에서 내가 가장 좋아하는 곳이 되었다.
바다를 왼편에 두고 좀 더 걸어가면 두깔레 궁Palazzo Ducale이 있다. 연분

홍색의 궁은 베네치아의 푸른 하늘과 바다에 잘 어울렸다. 두깔레 궁을 오른쪽에 끼고 돌면, 베네치아의 거실이라 불리는 산 마르코 광장 San Marco Piazza이 나타난다. 사람과 비둘기가 가득한 광장 입구에는 베네치아 사람들의 약속장소로 꼽히는 기둥 위의 사자상이 있다. 광장으로 들어섰다. 광장 안에 산 마르코 성당 Basilica San Marco과 성당 종루가 자리하고 있다. 높은 종루에 오르면, 광장은 물론 바다 건너편까지 눈에 담을 수 있다.

서기 828년부터 15세기까지 베네치아의 화려했던 시절을 대변하는 산 마르코 성당은 로마네스크 양식과 비잔틴 양식이 혼합된 매우 화려하고 독특한 아름다움으로 채색된 곳이다. 성당 상단부는 공사 중이었지만, 아치마다 그려진 상징적인 그림들은 그대로 남아, 공사 중인 성당의 단점을 보완하고 있었다. 성당을 어떻게 짓게 되었는지, 성경 속의 이야기를 그린 그림들이었다. 대부분 금빛으로 꾸며진 성당 안으로 들어가 천장과 바닥을 보았다. 건축물을 볼 때 앞과 옆 외에 위와 아래를 꼭 보곤 하는데, 천장이나 바닥에서 자칫 놓칠 수 있었던 아름다운 그림, 조형물과 타일을 마주하게 되기 때문이다. 이런 부분들은 자연스레 눈에 보이는 게 아니라, 일부러 고개를 들거나 숙여서 봐야 하기 때문에 일반적인 시야에서 벗어난, 낯선 느낌이자 뜻밖의 즐거움이다. 아름답고 정교한 모습의 바닥 타일과 그리스도와 성 마르코의 생애를 그린 벽면의 모자이크화가 눈에 들어왔다. 군데군데 많은 부분이 떨어져나가고 마모되었지만, 이런 세월의 흔적이 작품에 깊이와 의미를 더해주었다.

제대 뒤에는 성 마르코의 유해가 있고, 별도의 입장료를 내고 1층에서 2층으로 올라가면 성당 정면 상단에 장식된 네 마리의 청동마상이 있는 테라스로 나갈 수 있다. 푸른 하늘을 배경으로 달릴 듯이 서 있는 네 마리의 청동마상은 원래 콘스탄티노플에 있던 것을 십자군이 여기로 가져온 것이다. 성당 정면 위쪽에 장식된 청동마상(테라스에서 볼 수 있는 것)은 가짜이고, 진품은 안전하게 내부에 보관·전시하고 있다. 한때 나폴레옹이 이 마상을 파리의 튈르리 공원에 있는 카루젤 개선문 위에 가져다 놓기도 했다는데, 말들의 움직임은 매우 역동적이고, 표정은 사실적이다.

성당을 나와 왼쪽에 있는 시계탑 아래로 갔다. 그곳의 아치를 통과하면 좁고 매력적인 골목 상점가가 이어진다. 사람의 물결에 치일 수밖에 없지만, 가면, 인형, 유리 제품 등 섬세하고 아름다운 수공예품들이 자리한 쇼윈도를 구경하다 보면 시간은 절로 간다. 베네치아의 상점이 재미있는 것은, 이곳에서는 물길도 길이라서 상점의 진열장이 골목만이 아닌 수로를 향해서도 있다는 점이다. 물 옆의 쇼윈도, 물 옆의 테이블, 물 앞으로 난 문 등 물의 도시의 일상이 담뿍 느껴진다. 문밖이 바로 바다인 집은 대체 어떻게 나가는지. 비가 많이 내려 해수면이 높아지면 물이 자주 주택 안으로 넘치곤 하고, 건물마다 박아둔 나무를 정기적으로 교체해줘야 한다고 한다. 베네치아 사람들은 이런 불편함을 기꺼이 받아들이며 삶을 영위하고 있다.

상점가를 걷는 많은 사람들은 아마도 곤돌라^{Gondola}를 타러 가는 게 분명했다. 베네치아 대운하에 들어서자 밀집해 있는 곤돌라와 베네치아 본섬 대운하에 놓인 세 개의 다리 중 가장 아름답고 유명한 리알토 다리^{Ponte di Rialto}가 보였다. 그 자리에는 본래 목조다리가 있었는데 석조다리의 설계를 공모한 결과 미켈란젤로의 설계를 제치고, 안토니오 다 뽄떼^{Antonio da Ponte}의 설계가 채택되어 만들어졌다고 한다. 대운하에는 곤돌라 외에 다른 선박들도 많아서, 배에 실리길 기다리는 짐이 무척 많았다. 다리 위와 그 주변에 밀집해 있는 상점과 행상은 베네치아가 상업의 중심지임을 보여주고 있었다.

대운하 못미처 곤돌라들이 정박해 있던 곳으로 돌아갔다. 곤돌라를 탈

수 있는 선착장이 베네치아에 꽤 많다. 도시 안쪽에서 탈 수도 있고, 바닷가 바로 앞에서도 탈 수 있다. 곤돌라는 타는 곳, 경로, 요금, 배 모양이 다양하다. 미리 여행일정을 점검하고 자신에게 맞는 경로와 요금을 정하고 골라 타는 게 좋다. 나는 베네치아에서 만난 네 명의 친구와 함께 매우 화려한 실내 장식의 짧은 코스를 도는 곤돌라를 총요금 80유로에 탔다. 본래 곤돌라의 뒷좌석에는 사람이 앉고 앞좌석에는 짐을 싣는데, 요즘은 앞뒤를 포함해 4~5명이 타곤 한다.

곤돌라는 베네치아의 좁은 운하를 다녀야 하기 때문에 길고 날씬한 모양으로 발달했고, 한쪽으로만 노를 젓기 때문에 똑바로 가게 하기 위해 비대칭으로 생겼다. 또한, 곤돌라마다 모양과 크기, 내부 인테리어가 모두 다르다. 곤돌리에의 체중, 노를 젓는 습관 등에 따라 각각 다른 곤돌라가 제작되기 때문이다. 비슷하게 보여도 모두 제각각 제작이 된 그야말로 수공품. 그러니 이 세상에 똑같은 곤돌라는 존재하지 않는다. 옛날 귀족들이 곤돌라를 경쟁적으로 사치스럽게 장식해 국가에서 이를 금지했기 때문에, 곤돌라의 외부 모습은 모두 검은색이지만, 내부 스타일과 장식은 곤돌리에의 취향에 따라 다르다.

곤돌라를 타고 베네치아 곳곳을 지났다. 유람선이나 수상버스를 탔을 때는 느낄 수 없는, 수면이 바로 옆에 있는 색다른 경험을 했다. 우린 노래를 위한 별도의 요금을 지불하지 않았지만, 친절한 곤돌리에는 노래를 흥얼거렸고, 사진도 많이 찍어줬다. 좁은 물길에서 곤돌라끼리 부딪치지 않기 위해 코너를 돌 때마다 곤돌리에가 우렁차게 "아~~위~~~" 하는 소리도 재미있고 인상적이었다.

곤돌리에에 대해 잘 모르는 사람은 그들을 육체노동자로 생각하지만,

사실은 베네치아의 엄친아다. 곤돌리에가 되기 위해서는 체력, 성악 등 몇 차에 걸친 시험에 통과해야 하고, 곤돌리에가 되면 한 척에 1,000만 원을 호가하는 곤돌라를 일단 돈을 빌려 만드는데, 이 돈은 성수기에 한 달 일하면 충분히 갚을 수 있다고 한다. 베네치아는 이세 따로 싱수기라는 게 없을 정도로 인기 있는 여행지여서 웬만한 곤돌리에는 돈을 아주 잘 번다고 한다.

곤돌라 덕분에 기분은 계속 상승 모드. 불현듯 바닷물에 손을 넣으려다 멈칫했다. 베네치아의 바닷물은 깨끗하진 않다. 물을 배경으로 한 베네치아의 풍광과 비 내린 길 위의 반짝임은 매우 아름답지만, 그 물은 손을 넣어볼 만큼 깨끗하지는 않다. 낭만적인 분위기에 그윽하게 젖었다가 현실적인 물색에 냉큼 손을 거둬들였다.

곤돌라에서 내려 다시 길을 잃기 시작했다. 골목골목 거닐며 베네치아 먹방을 시작했다. 곤돌라 타러 가는 길에 봐두었던 초코타르트와 믹스 과일을 먹으며, 이 골목 저 골목을 기웃거렸다. 작동을 중지한 분수대에 앉아 늦은 점심 겸 이른 저녁으로 엄청나게 크고 맛 좋은 피자를 먹었다. 그 분수대는 여행객들에게 좋은 식사장소로, 피자를 사 오기 전

만 해도 **빽빽하게** 사람들이 있어서 못 앉았는데 피자 사 오고 나니 휑하니 자리가 났다. 상점 바로 옆 아까는 비어있던 정말 작은 계단 위에 한 가족이 자리를 잡고 앉아 점심을 먹고 있는 귀여운 모습이 보였다. 배를 채우고 베네치아 본섬을 돌아보고 있자니, 작은 규모의 퍼레이드와 춤판이 벌어지고 있었다. 예쁘게 차려입고 행복한 표정으로 춤추는 사람들을 잠시 흥겹게 구경하고, 베네치아의 유명한 칵테일인 스프리츠spritz를 마시러 갔다. 2.5유로밖에 안 하는 저렴한 술로 더위를 달랠 참이었는데, 달달하니 맛있긴 했지만 혼합주여서 그런지 마시자마자 취기가 올라왔다. 살짝 헤롱헤롱. 그래도 낮술은 진리다. 생각해보니 베네치아에서 마지막으로 한 일도 스프리츠를 마신 일이었다. 물의 도시에서의 첫날도 마지막 날도, 아니 매일 매일을 더욱 달콤하게 만들어준 게 이 칵테일이었다.

칵테일을 마시며 베네치아에서의 길 잃기를 이어갔다. 길 잃기에 완벽한 아름다움을 지닌 곳, 길 잃기에 안성맞춤인 물길과 골목길을 거닐며 자꾸만 용감해진다. 술기운까지 있으니 두려울 게 없다. 세상 어느 길치, 방향치도 베네치아에서라면 길을 잃어도 두렵지 않을 것이다.

베네치아에서는 발과 눈을 자유로이 둘 수 있다. 걸음이 어디로 향하건, 눈길이 어디서 멈추건, 보이고 대하는 건 아름다움일 터이니 말이다. 언제고 마주할 낯설고 익숙한 그 도시의 풍광을 그리며, 다시 그곳에서의 길 잃기를 기대해 본다.

베네치아에서라면 언제라도 기꺼이 길치가 되길 즐기리라.

길
과

성
곽

산 중턱 절벽에 위치한 교토를 대표하는 사찰, 기요미즈데라淸水寺. 교토를 여행하는 많은 이들이 이곳을 찾는다. 그러나 정작 내게 매력적인 건 사찰보다 길이었다. 기요미즈데라에 갈 때는 자완자카라는 오르막길로 가고, 내려갈 때는 기요미즈자카를 거쳐 산넨자카와 니넨자카를 지난다. 기요미즈데라를 오가는 많은 길 중 내가 가장 좋아하는 길, '자완자카'는 그 자체가 흥미로운 여행지인 예쁜 길이다.

자완자카 양쪽으로 상점들이 자리하고 있는데, 보통의 관광지 상점들과 조금 다르다. 교토에서만 볼 수 있는 전통방식으로 만든 인형과 천, 지갑, 도시락 등 품을 꽤 들이지만 그만큼 개성 있고 독특한 공예품과 기념품을 판매하는 상점이 많다. 여타의 관광지에 비해 화사함은 좀 떨어질지 몰라도 호젓하고 수더분한 매력이 있다. 숨은 전통상품들을

보물찾기하듯 찾아내는 재미 덕분에 화려하고 규모가 큰 시조나 기온 거리보다 오히려 더 마음에 들었다.

자완자카에 간 건 교토 출장 때가 처음이었고, 두 번째는 오래된 친구와 오사카·교토여행을 했을 때였다. 함께 여행한 이들은 이구동성으로 이 길을 거미줄 같다고 했다. 한 상점에 들어갔다 나와 길을 계속 가게 되는 게 아니라, 바로 다음 상점이나 맞은편 상점으로 들락날락하게 되는 게 마치 거미줄에 걸린 것처럼 벗어날 수 없다는 거였다. 그만큼 그 길은 매력적이었다.

자완자카 언덕길을 다 오르면 바로 기요미즈데라로 연결되고, 기요미즈데라 앞으로는 기요미즈자카가 이어진다. 작고 예쁜 길에서 기분 좋은 감흥을 얻은 터라, 이어지는 기요미즈자카에도 기대를 좀 했다. 이 길은 자완자카보다 훨씬 많은 상점을 품고 있었지만, 상점 앞 진열대에는 번지르르하고 어디서나 볼 수 있을 법한 기념품 따위가 놓여 있었다. 게다가 관광객들로 넘쳐나고 있어 피로감을 주었다.

어려서부터 나고 자란 서울의 강북에는 동네마다 골목이 많았다. 내가

살던 동네도 그랬다. 동네 작은 골목에서 친구들과 뛰어다니며 수많은 이야기를 만들고 경험했다. 친한 친구들과 소꿉장난하던 곳, 장난기 많은 부모님과 숨바꼭질하던 곳, 잠옷 바람으로 배드민턴을 하던 곳은 모두 집 앞 골목이나 우연히 발견한 정겨운 골목이었다. 이 골목 안에는 누가 있을까, 저 골목에서는 무얼 보게 될까, 마냥 즐거웠던 호기심 덕분에 나의 유년은 기분 좋은 추억으로 가득하다.

그러나 자라면서 그 정겹던 골목들이 하나둘 없어지는 걸 경험했다. 골목이란 게 낭만과 이야기를 가진 공간이긴 했지만, 효율적이라 보기는 어려운 것이니 없어지는 게 당연한지도 몰랐다. 그런 당연한 변화에 뒤처지는 감정이 게으른 건지도 모른다.

어린 시절 골목의 경험을 바다 건너 이국에서 대면할 줄이야. 별 매력 없이 시끄러운 기요미즈자카를 내려가다 오른쪽으로 난 계단으로 들어섰다. 산넨자카다. 계단으로 시작되는 길이라 조심하라는 뜻인지, 여기서 넘어지면 3년 안에 죽는다는 이야기가 있는 곳이다. 기요미즈자카 옆길인데 기요미즈자카와는 분위기가 다르다. 자완자카보다는

붐비지만, 좁은 길 양쪽으로 예쁘장하고 개성이 강한 상점들이 자리하고 있다. 예쁜 경단 모양인데 촉감은 푸딩같이 부들부들한 비누를 벽면과 천장에 가득 걸어둔 비누 상점, 달콤한 향 가득한 나가사키 카스테라 상점, 투명 창을 통해 공예 과정을 밖에서 볼 수 있도록 공개하는 이색적인 도자기 상점, 전통 의상과 양산이 눈길을 끄는 의복 상점, 보자기도 예술품이 될 수 있다는 걸 보여주는 보자기 공예 상점 등 가게마다 다른 분위기와 개성을 드러내고 있었다. 수시로 다니는 인력거와 인력거꾼들, 많은 여행자들이 찍는 사진의 피사체가 된 줄도 모르고 상점 구경하기에 바쁜 기모노 입은 소녀들도 그 길에 재미를 더했다. 넘어지건 말건 이곳저곳 들락거리며 구경하기에 바빴다.

산넨자카를 내려오다 오른쪽으로 꺾인 길이 니넨자카다. 오래되어 보이는 목조가옥 사이에 난 이 예쁜 길에도 넘어지면 2년 안에 죽는다는 무서운 이야기가 있으니, 산넨자카와 니넨자카를 걷다간 어디 제 명에 살 수 있겠나 싶지만, 매력적인 풍광을 보는 재미에 발걸음을 더욱 재게 놀리게 된다. 산넨자카가 예쁜 상점으로 가득한 곳이라면, 니넨자카는 목조지붕으로 기억되는 곳이다. 니넨자카에 갈 때면 늘 해가 저물곤 했다. 자완자카부터 기요미즈데라를 거쳐 기요미즈자카, 산넨자카 등 볼거리 많은 길을 두루 지나다 보면, 어느새 저녁이 되었다. 지는 해의 노을 아래에서는 니넨자카에 자리한 많은 목조가옥의 지붕이 도드라져 보였다. 나뭇결이 그대로 살아있는 평평한 목조지붕은 그 길의 가장 큰 장점이자 아름다움이었다.

이렇게 교토, 이국 도시의 골목은 친숙하고 정겨웠다. 자완자카의 소

박한 길, 산넨자카와 니넨자카의 계단식 골목은 어릴 적부터 골목과
유독 친했던 유년의 추억을 떠올리게 해주었다. 이국에서 대하는 풍경
이 생경하지만은 않고, 왠지 낯이 익는다는 건 은근히 기분 좋은 경험
이었다. 일상을 떠나 여행했지만, 다시금 일상을 마주하게 된 것이니
까. 일상과 여행이 결국은 같은 결을 갖고 있다는 생각을 확인한 것이
어서 그랬고, 잊고 있던 유년의 기억을 소환해낸 것이 반가워서였다.

'성곽'도 유년과 관련해 내게 의미 있는 공간이다. 호엔잘츠부르크 성에 가는 케이블카를 탄 건 원래 타려던 시각보다 30분이 지나서였다. 케이블카 안내원의 "30분 뒤면 할인 티켓을 살 수 있다. 성곽과 성 외부만 보는 티켓이지만, 이 시간에 성을 자세히 둘러보기 어려우니 그 티켓을 사는 게 나을 것"이라는 말에, 30분 동안 성벽 아래의 성 페터 성당에서 시간을 보내고 올라가는 길이었다. 케이블카에서 내리자마자 거대한 성곽이 눈앞에 펼쳐졌다.

호엔잘츠부르크 성은 성이라기보다는 성곽이나 성벽이라 하는 게 어울리는 곳이다. 방어용으로 만든 성채라 미적인 매력보다는 군사적 기능에 치중한 곳이다. 잘츠부르크는 지대가 높은 도시가 아닌데, 성은 이 도시에서 가장 높은 지대인 해발 543m에 자리하고 있어, 잘츠부르크 어디에서고 성채의 모습을 볼 수 있다. 성 자체가 아름답다고 하기는 어렵지만, 어디에서나 탁 트인 전망을 만날 수 있고 성곽과 푸른 하늘이 함께하는 풍경이 인상적이었다. 멀리 잘자흐 강과 잘츠부르크 구시가와 신시가를 한눈에 담을 수 있기도 하다.

성곽이란 어디든 비슷해 보여서인지, 사람 없는 성곽에 서 있으려니 어린 시절의 기억이 떠올랐다. 유년을 보낸 성북동에는 동네를 따라 성곽이 있었다. 호엔잘츠부르크 성에 비하면 규모는 훨씬 작지만, 어린 아이들이 모여 장난치고 놀기에는 부족함이 없었다. 어릴 적 기억일수록 아름답게 포장되기 쉬워서 성벽에서 놀던 시절은 마냥 행복하게 기억된다. 어린 눈에도 도시와 도시를 둘러싼 생경한 성곽의 전망은 인상적이었고, 나는 자주 감탄했었던 것 같다.

성곽이 싸고 있는 동네 언덕과 골목은 놀이터였다. 따로 놀이터가 필요 없었다. 길과 공터가 놀이터였고, 길에 있는 것들이 놀잇감이었다.

어릴 적 흙놀이와 소꿉장난을 하다 보면, 알던 친구도 모르던 아이들도 그냥저냥 섞여 놀았고, 집 안에 있다가도 친구의 "노올자!" 길게 끄는 소리 한마디에 밖으로 뛰어나가곤 했다. 잘 꾸며진 공원이나 놀이터가 아니었어도, 유년을 보낸 동네 길과 언덕, 성벽에 애정을 갖고 있다. 어떤 이들은 공원이나 휴식 공간이 부족한 한국의 도시 환경에 단점을 토로하는데, 그 의견에 어느 정도 공감하면서도 생각을 달리하게 된 계기가 있다.

대학원 동료 B는 프랑스 파리에서 나고 자란 프랑스인 친구다. 수업이나 세미나를 마치고 그와 함께 학교 근처 호젓한 연남동 골목을 거닐곤 했다. 그는 "어린 시절 내가 이런 골목에서 자랐다면 좋았을 텐데…" 라고 했다. 공원이 많은 파리에서 자란 사람이 이런 좁은 골목에서 유년을 못 보낸 걸 아쉬워하다니, 의외였다. 그는 아기자기한 매력이 있고 앞집, 옆집에서 아이들이 서로의 이름을 부르며 나와서 함께 골목에서 노는 모습이 무척 부럽다고 했다.

내게는 익숙한 일상의 공간이, 다른 곳에서 온 사람에게는 인상적이고 부러운 것일 수 있다. 공간과 쉼터, 놀이터에 대한 느낌은 생각보다 주관적인 것이라는 걸 또 한번 깨닫게 된 순간이었다. 유럽이나 영미권의 공원을 대하는 마음도 조금 달라졌다. 내 주변에 흔하지 않기에 특별하고 좋은 공간이라고 여겨졌던 것이지, 그런 공원이나 쉼터가 반드시 휴식을 취하는 일상의 공간이어야 하는 것은 아니다. 내가 특별한 공간을 소유하고 누렸었구나… 뿌듯한 마음이 들었다.

그렇게, 따뜻한 잘츠부르크 저녁 햇살을 쬐며 한동안 유년시절의 추억에 잠겼다. 어릴 적 살던 곳에서 너무도 멀리 떨어진 오스트리아 소도시가 소중한 기억과 겹쳤다. 이후 잘츠부르크를 떠올릴 때면 아마도 포근한 느낌이 함께할 것이라 예감했다. 그 순간 역시 유년의 기억처럼 또 다른 기억과 추억이 될 것임을….

그
의
도
시

　　바르셀로나에서 가우디를 떠올리지 않는 것은 불가능한 일
이다. 도시 어느 곳으로 눈을 돌려도 그가 남긴 흔적을 발견할 수 있
다. 도시 곳곳 광범위하게 남아있는 그의 세심한 작품을 마주하면, 누
구라도 이곳이 그의 도시라는 데 이견을 내기는 어려울 거다.

바르셀로나에 도착한 첫날에는 몸살 기운으로 몽롱하기도 했고, 숙소
에서 시간을 보내다 나가니 이미 해가 저물어 있었다. 바르셀로나로
오기 전 머물렀던 니스와 모나코에서의 기억이 워낙 좋아, 이 도시를
온전히 그대로 받아들이기 힘들었는지도 모른다. 지난 여정과 현재 여
정 사이에서, 지나온 곳과 머무르는 곳을 어느 곳이고 온전히 향유하
지 못하는 것 같아 아쉬웠는데, 다음 날 반갑게도 몸살 기운이 뚝 떨어
졌다.

사그라다 파밀리아 내부

숙소 창으로 비쳐들던 바르셀로나의 화사한 아침 햇살은 이곳에 마음을 열게 만들어주었다. 그리고 나는 새로운 기대와 함께, 니스와 모나코의 환영을 떨쳐버릴 수 있었다.

사그라다 파밀리아Sagrada Familia, 성 가족 성당은 바르셀로나에서 처음 마주한 가우디의 작품이었다. 초현실주의 양식 성당이 주는 느낌은 독특하다, 복합적인 아름다움을 지녔다, 라는 말만으로는 그 특별함을 설명하기에 부족했다. 성당은 바르셀로나라는 도시, 스페인이라는 나라를 넘어 국경과 문화적 특성을 초월한 이색적인 '풍경'이라고 할 만했다. 네오 고딕 양식부터 자연주의 양식, 아라비아 양식의 특징까지 가미돼, 양식과 문화적 특징이 섞이며 드러난 까닭이다.

그곳의 특별한 점은 앞으로 더욱 많은 스타일과 문화가 복합될 수 있는 가능성에 있다. 성당은 가우디가 남긴 미완의 흔적으로, 적어도 100년 이상의 시간이 흘러야 완성될 수 있는 것으로 알려져 있다. 한 사람, 한 시대가 완성하는 건축물이 아닌 것이다. 기본 설계를 가우디의 디자인에 의지하고 있지만 앞으로 많은 시간이 더해지며 다른 세대 작가들의 개성과 스타일이 더해질 게 아닌가. 국가와 문화 그리고 시대를 초월한 움직임과 미래를 가진 게 바로 그곳의 특별한 점이다. 아마 나는 성당의 완성을 보지 못하겠지만, 몇 년 후 다시 찾을 성당은 지금과는 분명 다른 모습일 것이다. 양식·문화적 실험과 가능성을 가진 성당의 미래가 무척 기대된다.

신비로운 느낌이 드는 성당 안에서 약간의 현기증이 일었다. 독특함을 넘어서는 기괴한 아름다움과 신비로움, 몽환적인 분위기에 마치 꿈을

꾸는 섯 같기도 했다. 햇살이 비쳐드는 황홀한 스테인드글라스 아래에
는 지친 여행객들이 옹기종기 모여 있다. 그들이 지친 건 가우디 탓이
리라. 지나친 아름다움은 사람을 피곤하게도 하는 법이다. 미처 생각
지 못한 매혹적인 아름다움과 양식 파괴적인 스타일에 많은 이들이 문
화적 충격을 받고 정신적으로 피곤해할 수 있겠다.

사그라다 파밀리아에 이어서 갔던 가우디의 까사 밀라Casa Mila는 바르
셀로나 중심가, 그라시아 거리에 있는 산山 모습을 한 맨션이다. 부드
러운 산등성이를 연상시키는 곡선이 인상적인 이 건축물은 산의 특
징을 잘 드러내기 위해 석회암과 철 등을 자재로 사용했다. 건물 안으
로 들어가서 위를 바라보면 하늘을 향해 연속적으로 이어진 창의 모습
이 나타난다. 실내와 실외가 불분명해진다. 실내외의 구분이 명확하
지 않은 점은 가우디 작품의 특징 중 하나이기도 하다. 가우디가 만들

어낸 건축물에서는 그 어디에서고 경계 없는 예술관과 세계관, 끝없는 창의성을 만날 수 있고, 이런 만남은 반복되어도 질리지가 않는다.

엘리베이터를 타고 가장 위층인 옥상부터 가봤다. 옥상에서 내려다본 까사 밀라는 건물의 한가운데가 뻥 뚫려 있어 블랙홀을 연상시켰다. 그리고 펼쳐진 장관은 실제 산이라고 해도 전혀 무리가 없었다! 어떻게 이런 모습으로 산을 그렸을까. 일반적으로 산을 인식하는 사고와 이를 나타내는 방식에서 몇 걸음이나 더 나아간 형태였다. 우뚝우뚝 솟은 분화구 같기도 했고, 신문에서 본 화성의 물길이 연상되기도 했다. 에페수스의 거석 기념물을 떠올리게도 하는 반복된 굴곡, 굽이치다 자연스럽게 끊어지고 이어지는 봉우리와 골짜기였다.

가우디의 또 다른 건축물, 까사 바뜨요Casa Batllo까지 보게 되면 역시 바르셀로나라는 도시가 한 예술가에게 얼마나 깊게 의지하고 있는지 알게 된다. 까사 바뜨요는 바다를 형상화한 건축물이다. 도자기 타일과 유리 모자이크가 특히나 아름다운 보라색 외관은 동화 속 작은 궁전을 닮았다.

건물 안으로 발걸음을 옮기면, 예술가가 작은 부분까지도 바다를 표현하기 위해 얼마나 애썼는지를 알게 된다. 문의 모양이나 손잡이에서도 바다내음이 물씬 풍긴다. 바다 생물 모양의 재치 있는 전등 갓, 뿌연 바다 속 느낌을 주는 반투명 유리창, 연속된 아치가 물결을 연상시키는 복도 등 모두 인상적이고 재미있다. 몽글몽글 물방울이 떠다닐 것 같은 유려한 곡선의 창을 가진 홀 안을 오가며 마치 아주 큰 어항에 들어간 느낌도 들었고, 바다 속을 자유로이 헤엄치며 다니는 것도 같았다.

까사 밀라 위에서 아래를 내려다보면 블랙홀 같은 느낌이 든다 (위)
까사 밀라 옥상 풍경. 우뚝우뚝 솟은 산의 모습 (아래)

까사 바뜨요의 매혹적인 외관 (위)
커다랗고 아름다운 어항 같은 까사 바뜨요 내부 (아래)

가우디의 건축 작품들을 대하며 느낀 점은 건물에 있는 사람보다는 건축물 자체가 빛을 발한다는 것이다. 그래서 그의 작품 어디에서고 특이하고 기발한 모습에 여기저기 카메라 셔터를 누르는 사람이 많지만, 건축물의 아름다움에 비해 그곳을 배경으로 찍은 사람의 모습은 기대에 못 미치곤 한다. 건물과 그 안에 설치된 조명이 주는 특이하고 기괴한 매력 때문인지 사람의 형상은 만족스럽지 않다. 사람보다 작품 자체를 돋보이게 하기 위한 가우디의 전략이 아닐지.

가우디가 남긴 또 다른 흔적, 구엘 공원Parc Guell을 찾은 것은 바르셀로네타 해변에서 느긋하게 해수욕을 즐긴 뒤였다. 긴 물놀이에 지쳐 숙소로 가서 쉬고 싶은 마음을 누르며 구엘 공원 행 24번 버스를 탔다. 버스는 구엘 공원 후문에 승차하기 때문에 공원의 뒤부터 정문 쪽으로 거꾸로 거닐게 되었다.

구엘 공원은 가우디 특유의 독특한 건축물과 모자이크 타일로 이루어진 동화마을 같다. 바르셀로나 북쪽 언덕 위에 자리한 공원에 들어서며 가장 먼저 보았던 건 투박하면서도 정교한 돌기둥이었다. 기둥들은 그것이 건축물인지 자연스레 형성된 나무나 바위기둥인지 구별하기 힘들 정도로, 그 자체가 자연의 일부분인 듯 주변 생태환경과 완벽하게 조화를 이루고 있었다. 자연의 침식작용에 따라 옆으로 기운 것 같은 기둥은 사실은 가우디가 정교하게 설계하고 만들어낸 것이리라.

붉은색, 보라색, 파란색 등 색색의 모자이크 타일들로 꾸며진 공원 전망대에서 타일 색만큼이나 다양한 색감을 가진 바르셀로나의 하늘을 조망했다. 하늘 아래로 가우디 작품의 가장 매력적인 부분이라고 생각

구엘 공원의 다채로운 모습

하는 지붕과 옥상이 보였다. 어린아이의 머릿속처럼 재기발랄하고 독특한 감성이 넘치는 그의 작품들은 모두 위쪽에 강한 인상을 드러내고 있는 것 같다. 까사 밀라의 산 형상과 까사 바뜨요의 바다 디자인의 개성은 건물 안 보다 건물 위쪽에서 뚜렷하게 드러난다. 구엘 공원 안에 있는 건물들의 지붕은 건물의 다른 부분보다 더 창의적이고 동화적인 느낌이 많이 가미되어 있다. 깨진 유리 조각을 이용해 모자이크한 독특한 트렌카디스Trencadis 기법을 굴뚝에서 많이 볼 수 있는 것도, 위로 향하는 가우디의 창의력 덕분이 아닐까.

사그라다 파밀리아 성당, 까사 밀라, 까사 바뜨요, 구엘 공원까지 바르셀로나에서의 매일은 가우디와 함께였다. 가우디, 그의 창의력과 독창성, 섬세함은 여타의 예술가가 가진 재능과 개성을 훨씬 뛰어넘는 것 같다. 바르셀로나라는 운 좋은 도시는 한 예술가에게 얼마나 기대고 있는 것인지, 가우디는 이 도시를 도대체 얼마나 사랑했던 것인지. 가우디와 그의 예술, 바르셀로나의 매력과 개성은, 단지 평범한 여행자가 대하기에는 너무나 압도적이었다.

정원보다
아름다운,
그곳

    한때 공원과 정원이 유럽보다 일상화되지 않은 또는 부족했던 우리나라에 있다가, 유럽에 가면 그 공간이 주는 여유로움 속에서 편안해지곤 했다. 지금은 그 여유도 결국은 생경한 문화와 낯선 즐거움에서 오는 것임을 알게 되었고, 우리 주변에 있는 흔한 공간의 소중함도 알게 되었지만.

매혹적인 정원이 주는 즐거움에 빠져 있다가 그런 공간과 비슷하면서도 다른 성격을 가진 장소를 알게 되었는데, 바로 무덤이었다. 왠지 무섭고 으스스할 것 같은 공간을 여유롭게 대하게 된 건 아무래도 영화의 영향이 컸다. 셀린느와 제시, 폴레트와 미셸은 무덤에 대한 나의 부정적인 인상을 바꿔준 이들이다.

유달리 겁이 많은 나였다. 귀신, 쥐, 벌레 등등 무서워하는 게 너무도 많았다. 죽은 이들이 잠든 무덤은, 보통이라면 내게 두려운 장소여야 했다. 그러나 (쉔브룬 궁을 제외하고) 오스트리아에서 내가 가장 가고 싶었던 곳이 빈 중앙묘지Wien Central Cemetery였다.

영화 〈비포 선라이즈Before Sunrise〉의 두 주인공 셀린느와 제시가 나누었던 대화가 나를 그곳으로 이끌었다. 비석 사이를 거닐며 삶의 의미에 대한 철학적인 사유와 의견을 진지하고도 수다스럽게 이어가던 두 사람 때문이었다. 죽은 자들이 있는 곳이지만, 무섭고 음침하기보다는 아름답고 고요했다. 무덤이 있어 그렇지, 한적하고 잘 정비된 산책로나 공원 같았다. 아마도 누군가 가까이 접근하지 않도록 작은 돌을 둘러놓은 무덤, 묘비에 조각을 새기거나 램프를 달아 둔 무덤, 아름다운 조각상을 세워둔 무덤 등 모양과 형태가 다른 무덤들이 자리하고 있었다.

무덤은 죽은 이가 사랑받는 방식과 그 정도를 보여주는 것 같다. 아름다운 무덤을 보니, 그곳에 묻힌 주인공이 주변에 얼마나 소중한 사람이었을지 그리고 어떤 배려를 받고 있는지 보이는 듯했다.

정원처럼 느껴질 만큼 잘 꾸며진 묘지들을 지나 길을 거닐다 뤼거 교회Lueger Kirche를 만났다. 밝은 파란색 천장과 프레스코화가 인상적인 본당 안에 들어가, 나직하게 들려오는 누군가의 기도 소리에 귀 기울였다. 무덤의 주인들에게 바치는 기도인지, 하늘의 향한 찬송인지, 진지하고 나직한 음성이 이어졌다.

중앙묘지에서 결국 가려던 곳은 베토벤과 슈베르트, 브람스, 요한 스트라우스 2세의 묘가 있는 32A 구역이었다. 그곳에는 빈에서 더 나아가 세계 음악계를 주름잡은 음악가들이 잠들어 있다. 이들의 소박한 무덤들이 많은 이들을 불러 모으고 있다. 나 역시 그들의 무덤을 보며 생각에 잠기지 않을 수 없었다. 특히 베토벤의 무덤을 대하며 그의 삶에 존경과 위안을 느꼈다. 매우 능력 있고 재능 있는 음악가였던 그, 소리를 잃고도 음악에 대한 열정을 놓지 않았던 이에게 존경스러운 마음을 갖지 않기란 힘든 일이다. 나처럼 음악에 대해 아는 게 없는 이에게도 깊은 울림을 주는 인물이니, 음악가나 음악을 특별히 사랑하는 이들에게 주는 울림은 얼마나 클까.

중앙묘지는 숙소 리셉션 데스크 앞에서 알게 된 친구와 함께 갔는데, 원래는 야간열차에서 만난 친구도 같이 가기로 했었다. 길이 엇갈린 야간열차 친구는 나보다 한두 시간 일찍 그곳을 다녀갔다는 걸 오후 늦게 오페라가에서 재회하며 알게 됐다. 친구는 무더위에 위아래 검은 옷차림을 하고, 온통 땀범벅이었다. 그는 이 더위에 이게 무슨 차림

이냐며 놀라는 내게 쑥스러운 듯 웃으며, 베토벤을 무척 좋아하고 존경한다고 했다. 검은색 옷차림으로 그에게 존경을 표하고 싶었다고 했다. 누군가에게 그렇게 순수한 감정을 품고, 그가 알든 모르든 감정을 전달하려는 친구의 모습이 참 멋져 보이는 한편, 베토벤이라면 그런 존경을 받고도 남음이 있다는 생각이 들었다. 문득 이 친구라면 함께 다시 무덤을 찾아, 셀린느와 제시가 그랬던 것처럼 서로의 의견과 사유를 나눌 수 있을 거란 생각이 들었다. 그들이 서로에게 그랬던 것처럼, 우리도 서로에게 꽤 괜찮은 대화 상대일 거란 생각이 들어서였다.

잘츠부르크의 호엔잘츠부르크 성에 올라가기 위해 케이블카를 기다릴 때였다. 남은 30분을 어찌 보낼까 하다, 매표소 앞 골목 아래 성 페터 성당St Peter's Archabbey을 둘러보기로 했다. 로마네스크 양식과 바로크 양식 그리고 로코코 양식 등 다양한 양식적 특징을 품은 성당은 잘츠부르크의 지난 역사를 담고 있는 곳이다. 잘츠부르크 하면 모차르트와 영화〈사운드 오브 뮤직The Sound of Music〉으로 유명한데, 이 성당에서 모차르트의〈다단조 미사곡〉이 초연됐고,〈사운드 오브 뮤직〉의 마지막 부분에 이르러 트랩 대령 일가가 숨었던 곳도 이곳이 배경이었다.
그런데 정작 내 관심을 끈 건 성당 자체보다는 성당에 딸린 무덤이었다. 정성스레 가꿔진 게 틀림없어 보이는 아름다운 무덤들을 보며, 자연스레 떠올린 건 영화〈금지된 장난Les jeux interdits〉이었다. 특히 화려하고 아름다운 십자가가 눈길을 끌며 영화의 기억을 불러일으켰다. 어린 시절 TV에서 방영했던 주말 영화 시간에 가족들과 함께 보았던〈금지된 장난〉에도 무덤이 등장했었다. 그 무덤이 사람 아닌 동물을 위한

것이라는 게 다른 점이었다.

사랑스럽고 귀여운 아이들이 죽은 동물들의 무덤을 만든다. 착한 마음에 무덤을 아름답게 꾸미고자, 교회 무덤의 십자가들을 뽑아 죽은 동물들의 무덤 위에 꽂아주었다. 그러나 그들의 진지하고 다정했을 그 마음은 제2차 세계대전의 힘겨운 시기, 늘 고단한 삶을 영위하고 책임져야 했던 어른들에게는 지친 마음에 또 다른 생채기를 내는 '철없는 금지된 장난'으로 보였을 것이다.

어릴 적에는 영화를 보며 아이들이 마냥 불쌍하다고 생각했다. 시간이 지나고 보니, 그 시기 어른들은 힘들고 고단한 생활에 아이들의 마음까지 헤아릴 여유가 없었을 거였다. 아이들은 아이들대로 전쟁으로 상처받은 마음을 죽은 동물에 정성을 쏟는 것으로 스스로 치유하고 감싸 안았을 터였다. 성 페터 성당의 아름다운 묘지와 반짝이는 십자가에 슬픈 영상이 자꾸 겹쳤다.

다행히 영화의 슬픔을 잊을 수 있었던 건 유달리 아름다운 그곳의 무덤 덕분이었다. 낡고 어두운 느낌 없이 화사했던 무덤들. 그곳의 무덤이 특별히 아름답게 보이는 것은, 현세의 이들이 묻힌 이들을 자주 찾아오는 것 때문이 아닌가 생각되었다. 무덤에 장식된 꽃들이 싱싱했고 장식품들도 때 탄 느낌 없이 깨끗했던 까닭이다. 묘지의 주인들은 죽어서도 사랑받고 있는 것 같았다. 죽은 이를 대하는 다정하고 정성스러운 태도와 방식을 경험하며, 더 이상 무덤이 무섭지만은 않게 여겨졌다.

문학 영웅과
다섯 시간

프랑크푸르트 역을 나와 오른쪽으로 한동안 걷다 보면, 어느새 현대적인 건물들은 사라지고 고풍스러운 건물들이 모습을 드러낸다. 뢰머 광장Römerberg이 있는 구시가의 중심은 현대적이던 프랑크푸르트의 첫인상과는 많이 달랐다. 도시의 구시가에서 중후하게 멋스러운 외관이 마음에 들던 괴테 하우스Goethe House를 만났다. 괴테 하우스는 별 관심 없던 프랑크푸르트를 의미 있는 도시로 만들어준 공간이다. 괴테 하우스 안으로 들어가면 먼저 괴테 관련 기념품이 즐비한 작은 상점 겸 서점이 보인다. 가방, 열쇠고리, 작가의 작품을 담은 책, 화보 등 다양한 기념품 중 작가의 초상이 그려진 엽서 몇 장을 골랐다. 비록 엽서지만 그렇게 괴테를 소유하며, 상점을 거쳐 입구를 지나 괴테 아트 갤러리와 괴테 하우스로 갔다. 멋진 표정의 괴테 두상이 맞이하

괴테 하우스 외관

는 공간에서 그의 묵직하고 여유 있는 표정을 마주했다.

괴테 관련 기사 스크랩과 그림을 지나 또 다른 문으로 나가면 아트 갤러리가 나오고, 갤러리를 지나 밖으로 나오면 푸른 하늘과 담쟁이 넝쿨이 반겨주는 예쁜 정원이 있다. 개인 주택에 딸린 정원치고는 규모가 꽤 크다. 정원 한쪽의 작고 귀여운 문을 조심스레 열어보니, 또 다른 정원에서 정원사들이 바쁘게 작업 중이다. 바쁜 와중에도 포토 스팟까지 알려주는 친절에 그곳이 한층 좋아졌다. 푸르름 가득한 정원 곳곳에는 담쟁이 넝쿨이 멋지게 올라 있다. 시골집에 아빠가 정성껏 심으셔서 지붕 위에 올린 능소화 넝쿨이 생각났다. 정원은 가꾸는 사람에 따라 빛이 나는 법이다. 괴테 하우스의 정원도 반짝반짝 빛이 났다.

정원을 지나자 내 유년 시절의 문학영웅이 살던 저택인 괴테 하우스가 모습을 드러냈다. 가지런하게 난 돌길을 밟고 정돈된 느낌의 집을 올려본다. 나의 유년과 그의 유년이 겹쳐진다. 아침만 해도 여행의 끝이 가까워 너무 아쉬웠는데, 그 작은 돌길을 밟고 선 순간 동경해오던 작가가 머무르고 성장한 곳에 왔다는 데 즐거움이 차오르며 우울함은 자취를 감췄다.

내부는 값지고 귀한 물건들로 화려하게 꾸며져 있었다. 괴테의 아버지는 황제 고문관이었는데, 가문의 재력과 영향력을 방증하는 것들이 많았다. 계단 난간에는 괴테 가문의 철자가 장식되어 있고, 복도에는 외국에서 수집한 그림, 당시에는 보기도 구하기도 힘들었던 첨단 시계, 동양 문양의 벽지 등이 가문의 부와 권위를 잘 보여주고 있다.

1층은 벽지나 물건 색에 따라 노란 방, 파란 방, 빨간 방 등으로 구분되어 있었다. 따뜻한 느낌을 주는 노란 벽지에, 괴테 어머니가 아끼던 그의 초상화가 있는 '노란 방,' 벽지와 의자, 벽에 걸린 그림까지 푸른 빛을 띠고 있어 고상하고 압도적인 인상을 주는 '파란 방,' 커튼과 의

자의 천이 붉은색이고 괴테 하우스의 모든 방 중 가장 화려했던 '빨간 방,' 세로로 긴 귀하고 값진 피아노와 천장의 바이올린 모양 장식이 인상적인 음악실 '회색 방' 등이다.

2층은 괴테 하우스에서 볼거리가 가장 많은 공간으로, 방의 기능에 따라 구분되어 있다. 파란색 꽃무늬 벽지가 인상적인 괴테 여동생 코르넬리아의 방, 괴테가 태어났던 신비로운 분위기를 주는 탄생의 방, 아늑한 티룸 같은 '어머니의 방'이 있었다. 그 문 너머 보이는 '회화전시실'에는 괴테 집안이 아끼고 후원했던 작가들의 작품이 벽을 빼곡하게 채우고 있었다. 약간 어두운 조도가 회화작품들의 개성과 아름다움을 더욱 도드라지게 하고 있었다. 가장 흥미로웠던 곳은 회화전시실에 이어 갔던 '도서실'이다. '도서관'이라기에는 작은 규모의 개인 '도서

실'로 손색이 없는 곳이었다. 괴테와 여동생 코르넬리아가 책도 읽고 아버지 지도 아래 공부도 했던 곳이라는데, 그리 크지 않은 방 안에 책장이 여러 개 놓여 있고, 책상 가득 상서가 빽빽하게 꽂혀 있었다.

섬세하고 화려한 1, 2층에 비해 3층은 상대적으로 투박하지만 진중한 멋이 있는 공간이었다. 괴테는 초록색 민무늬 벽지에 넓은 창과 하얀 커튼이 소탈하면서 세련된 인상을 주는 '시인의 방'에서 작품을 집필했다고 한다. 특히《젊은 베르테르의 슬픔》과《파우스트》1편이 이곳에서 집필됐다고 하니 대문호의 문학활동에 큰 부분을 차지했던 공간이다. 그 옆방은 '인형극 놀이의 방'으로 어린 괴테가 인형극의 대본을 직접 짜면서 일종의 습작, 집필연습을 했다고 하니, 인형극은 괴테에게 단순한 놀이 이상의 문학적 성장 동력이었을 것이다. 3층은 그의 문학적 성장을 가장 많이 엿볼 수 있는 공간이다.

지하부터 3층까지 총 4층으로 이루어진 괴테 하우스에서 시간을 보내다 문득 시계를 보니 거의 다섯 시간이 흘러 있었다. 괴테에 대한 관심과 존경으로, 집안 곳곳의 많은 볼거리 덕분에 시간 가는 줄 몰랐다. 이

미 파리에서 경험이 있지만, 존경하고 사랑하는 작가의 자취가 있는 곳을 가본다는 건, 단순한 관람을 넘어 시공간을 뛰어넘는 만남을 의미한다. 내게 책은 가장 의미 있는 사물이자, 두 발로 걷지 않아도 떠날 수 있는 여행으로의 매개체였다. 그런 내게 어린 시절의 문학영웅이었던 괴테를 만나며 여행을 마무리했던 건 여행의 여운을 더욱 깊이 있게 만들어주는 일이었다. 그와의 다섯 시간은 프랑크푸르트에서 보낸 시간 중 가장 의미 있는 시간이었다.

고서점과
어린왕자

 노트르담 성당을 등지고 왼편으로 다리를 건너면, 고서점 하나를 발견할 수 있다. 아담하고 낡은, 조금은 지저분한 초록색 외관과 노란 간판이 인상적인 서점은 1921년에 문을 연 '셰익스피어 앤 컴퍼니Shakespeare & Company' 다. 영화 〈비포 선셋Before Sunset〉에서 주인공 제시가 작가가 되어 출간기념회를 가졌던 곳이자, 옛 연인 셀린느와 재회한 곳이다. 여행 중 우연히 기차에서 만난 남녀가 사랑에 빠지고 6개월 뒤 다시 만나기로 하지만, 그 약속은 지켜지지 못한다. 제시는 그들의 아쉬운 만남을 글로 옮기고, 소설 출간기념행사 차 셀린느가 사는 파리에 온다. 9년 뒤 이 서점에서 어렵게 재회하는 두 사람. 여행이 만든 인연과 흐르는 시간에 달라지는 주인공의 사고와 사유, 그럼에도 여전한 감정 등을 아름답고 진지하게 표현한 영화다. 이 영화를 인상 깊게 보고, 두 주인공의 만남을 회상하며 고서점을 찾았다.

파리에 자리한 서점이기에 이곳에서 프랑스 서적을 기대하기 쉽지만, 이 서점에 있는 책은 대부분 영문 서적이다. 이곳이 프랑스에 미국 문학을 전파하기 위해 세워진 미국문학 전문서점이기 때문이다. 제임스 조이스, 어니스트 헤밍웨이, 스콧 피츠제럴드, 에즈라 파운드, 앙드레 지드, 폴 발레리 등 20세기의 문호, 문학가들에게 사랑받았던 유서 깊은 '문학 거처'라고 할 수 있다. 이 서점을 소재로 한 책이나 영화가 있을 정도인데, 서점 최초 설립자인 실비아 비치는《셰익스피어 & 컴퍼니: 세기의 작가들이 사랑한 파리 서점 이야기Shakespeare and company》라는 회고록을, 제레미 머서는《시간이 멈춰선 파리의 고서점: 셰익스피어 & 컴퍼니Time Was Soft There》이라는 소설을 썼다.

《시간이 멈춰선 파리의 고서점》은 저자인 제레미 머서가 실업자가 되어 센 강변을 거닐다 이 서점을 알게 되고, 서점에 머무르게 되는 이야기를 담고 있다. 서점에서 겪었던 일, 느꼈던 느낌을 써나간 경험적인 소설이다. 성인 작가가 작은 서점을 배경으로 쓴 작품이지만 이 작은 공간에서의 일상은 상당히 모험적이고, 모든 걸 잃은 것처럼 보이는 저자가 다른 가능성과 꿈을 만들어가는 과정이 진지하면서도 천진하게 그려져 '어른아이'의 이야기라는 느낌을 준다. 이 서점은 영화에도 많이 등장했는데, 영화〈비포 선셋〉에서나, 영화〈미드나잇 인 파리Midnight In Paris〉에서 작품 속의 낭만적인 배경이자, 등장인물의 인연을 이어주는 중요한 연결고리로 등장한다. 뒤틀린 인연과 갈등을 해결하거나, 새로운 만남을 마주하게 만드는 작품의 열쇠 같은 기능을 했다. 나는 어떤 인연을 대하게 될지 작은 기대를 안고 서점으로 들어갔다.

하긴 서점과의 만남 자체가 이미 인연이었다. 그렇게 많은 이가 들고 나며, 서점과의 새로운 인연을 바라는 것 같은데, 만인에게 열린 듯 보이는 서점은 은근히 폐쇄적이다. 서점 입구는 한 사람이 드나들 수 있을 정도로 좁았다. 좁은 입구 안으로 들어서면, 미로처럼 얽히고설킨 쉽지 않은 공간이 자리하고 있다.《시간이 멈춰선 파리의 고서점》에서 서점의 전 경영자인 조지 휘트먼이 서점에 머물 수 있는 가능성을 모두에게 열어두고 있지만, 그 가능성을 매우 까다롭게 타진하던 게 떠올랐다. 좁고 복잡한 공간에서 쉽게 들고나는 인연에 쉬이 마음 주지 않는 옛 경영자의 마인드가 읽히는 것 같았다. 인연이란 쉬운 게 아니니까.

좁은 입구를 통과하면, 책이 빼곡히 꽂혀 있고 쌓인 모습이 드러난다. 아담한 규모의 공간을 효율적으로 운영하는 것 같았다. 이곳을 방문한 이 누구라도 작고 예쁜 서점이 마음에 들어 사진으로 담고 싶은 마음이 들겠지만, 공식적으로 촬영은 불가하다. 그러나 곳곳에 지키고 앉아 있는 직원들이 책을 읽으며 매우 대충대충 망을 보고 있어, 대부분 살짝살짝 사진을 담곤 한다. 사진을 대 놓고 많이 찍어대지만 않는다면 별다른 제지가 없는 것 같다. 아마도 작은 서가나 독서실 같은 조용하고 평온한 분위기를 유지하기 위한 최소한의 장치 같았다. 망보는 직원들과 감시 카메라에도 '셰익스피어 앤 컴퍼니'는 머무는 사람의 마음을 편안하게 만들어주는 곳이다. 책과 역사가 있는 곳이라 그럴 것이다. 책이 있는 곳이 어떻게 불편할 수 있을까. 책은 사람의 마음을 안정시키는 재주가 있는 사물이니. 첫 만남에 유독 편안했던 서점에서 어린 시절 위안을 주던 책이 떠올랐다. 어릴 적 무얼 안다고, 제 감정

하나 제대로 돌보기에도 너무 어렸던 10살 무렵, 곁에 두고 보던 책이
있다.

루시 모느 몽고메리의 《어린 전사》라는 책은 어린 남매 험프리와 마일
즈의 이야기를 담고 있었다. 책은 안타깝게도 오빠 험프리의 죽음으로
끝을 맺었다. 그 책을 수십 번은 읽었던 것 같다. 그런데도 험프리가
죽는 장면에서는 여지없이 눈물이 났다. 평범했지만 단란한 일상을 보
내던 어린아이에게 뭐 그리 크나큰 설움이나 슬픔이 있었겠냐마는, 어
린 마음은 작은 감정도 감당하기 어려운 법이다. 스스로 감당하지 못
할 작은 아픔, 슬픔에 그 책을 집어들곤 했다. 그 장면을 보며 나의 감
정을 덮고, 스스로 공감받고 위로했던 기억이 있다. 처음 가본 낯선 서
점에서 어린 시절 각별했던 책이 떠올랐던 건, 아마 그 즈음 나의 여행
이 조금 힘들었고, 그만큼 셰익스피어 앤 컴퍼니가 편안한 공간이었던
까닭이다. 그리고 보면 유년의 기억과 책은 그 서점에서 마주한 나의
인연이었다.

오래된 책 냄새가 기분을 좋게 하고, 오래전 머물던 작가들의 체취가

여전히 느껴지는 곳에서 편안함을 느끼기란 어려운 일이 아니다. 마치 이 서점의 지난 역사를 오래도록 공유해온 것 같은 기분 좋은 느낌이 들었다. 그 서점은 처음이었지만, 그곳에 관한 꽤 다양한 이야기를 오랜 시간 천천히 접해왔다. 영화와 책 속 주인공들이 서점에서 겪고 만들어간 이야기들처럼 나도 그곳의 일부라도 내 것으로, 나의 이야기로 만들고 싶은 욕심이 생겼다. 조금 더, 조금만 더 시간이 있다면 서점 주인과 이야기도 나눠보고 싶었고, 다른 작가들처럼 그곳에 머물 수 있는 방도를 찾아볼 수도 있었을 텐데, 서점과 나의 인연을 만들어가볼 수 있을 텐데, 시간이 넉넉치 않은 여행자는 아쉬울 뿐이었다.

책 두 권을 골랐다. 처음 보는 시집과 익숙한 스토리의 《어린 왕자》. 채 성장하지 못한 '어른이'처럼 작고 아담한 공간을 자유로이 모험하고 향유했을 많은 보헤미안 작가와 그들이 만들었을 무수한 이야기를 담고 있는 파리의 고서점 그리고 어른이 된 아이가 읽는, 다양한 해석의 가능성을 가진 '동화'는 '사유의 자유'를 지향한다는 점에서 묘하게 유사한 감성을 공유하고 있었다. 자유로운 보헤미안의 여유가 느껴지는 공간에서, 나 역시 그 여유를 부분적으로나마 향유하고자 했다. 다시 서점을 찾을 때는 보다 모험적이고 개인적인 경험을 하길 기대하며, 그 모험의 끝에는 반드시 자유로움과 여유가 함께하길 바라며, 셰익스피어 앤 컴퍼니에서 구입한 두 권의 '자유' 또는 '여유'를 읽어냈다.

주
인
공

　　와이탄外灘의 밤은 건축물을 위해 존재한다. 상하이 와이탄의
화려한 조명이 비추는 것은 건물이지, 그 사이를 오가는 인물이 아니
다. 그곳에서는 건축물이 주인공이다. 와이탄 앞으로 길게 이어진 전
망대는 상해 야경을 즐기려는 이들로 늘 붐빈다. 전망대 앞으로는 황
푸강黃浦江이 자리하고, 강 너머에는 상하이의 상업과 금융 중심지인 푸
둥浦東 지구가 있다. 푸둥 지구에는 상하이의 상징, 동방명주가 크고 작
은 진주가 옥쟁반에 떨어지는 것 같은 독특한 형상을 하고 있다. 황푸
강의 야경이 유명한 것은 동방명주와 같은 높은 건축물들이 검푸른 강
의 수면 위로 저마다 다채로운 빛을 더하고 있기 때문이다.
그런데 와이탄의 야경이 푸둥의 그것보다 덜 하냐면 그건 아니다. 와
이탄에서 강 건너 멀리 빛나는 푸둥 지구의 화려한 야경에 홀려있다

강렬하고 우아한 와이탄의 밤 (위)
화려하고 세련된 푸둥의 밤 (아래)

보면, 정작 가까이에 있는 와이탄의 빛나는 밤을 놓치기 쉽다. 그런 실수를 하지 않으려고 강 건너에 눈길을 주었다가, 고개를 돌려 와이탄으로 시선을 돌리기를 반복했다. 그렇게 해도 두 지구의 밤을 모두 담고 즐기기엔 부족하지만 말이다. 강을 사이에 두고 마주 하는 푸둥과 와이탄은 서로 다른 도시 풍광과 매력으로 감흥을 준다. 상업과 금융지구로 설계된 푸둥의 야경이 화려하고 세련되었다면, 근대 유럽의 자취가 남은 와이탄의 밤은 강렬하고 우아하다.

와이탄에 있는 대부분의 은행 건물들은 근대 서구 양식을 따르고 있어 와이탄에 있다 보면 유럽 어디쯤에 있는 것 같은 느낌도 든다. 은행 건물들이 더욱 멋스럽게 보이는 건 강렬한 조명 덕이 크다. 새카만 밤하늘 아래 노란 조명을 받은 유럽식 건축물들이 이색적이다. 마치 건축물이 살아있는 듯 생동감 있다.

와이탄을 배경으로 인물사진을 찍을 때는 마음을 비우는 게 좋다. 와이탄의 조명은 건축물을 비춘다. 그곳에서 인물사진을 화사하고 멋지게 담으려 한들, 건물 아래에서 위를 향한 조명이 비추는 것은 사람 아닌 건축물이다. 빛을 발하는 건축물에 비해, 빛의 바깥쪽 어둠에 자리한 인물은 빛을 잃는다. 각도를 이리저리 돌려 플래시를 터뜨려도 잘 나오는 건 인물 아닌 건물이다. 그러니 와이탄에서는 주인공 되기를 일찍이 포기하는 게 좋다. 나 역시 나를 외면하는 와이탄의 조명을 몰라보고 내 사진 찍기에 열중했다가 곧 부질없는 일이라는 걸 깨달은 어리석은 여행자 중 하나였다. 강렬하고 화려한 모습을 뽐내는 건축물들 사이에서, 나를 카메라에 담기보다는 멋진 도시 풍광과 건축물을 감상하는 게 현명하다. 그곳의 주인공은 건축물이다.

내가 하는 여행이고 내가 사는 삶이니 나 자신이 주인공이 되고자 무던히 노력해왔다. 그렇게 하는 게 잘 사는 것이라고 생각했다. 내가 가장 빛나야 했고 가장 많은 걸 잘 누려야 했다. 그러나 와이탄의 야경을 대하며, 나를 비추는 대신 건축물로 향하는 빛을 경험하며, 내게 당연하고 분명해 보이던 사실이 나의 바람뿐일지도 모른다고 생각했다.

내 삶의 주체가 나인 것이야 분명하지만 나의 삶은 나 혼자 이루는 것이 아니었다. 내 삶에는 다양한 인물, 사물, 시간, 장소, 가능성 등이 자리하고 있었다. 그 무수한 것이 나와 함께 나의 삶을 이루고 있었다. 그리고 나는 그것들을 모두 통제하고 관할할 수 있는 존재가 아니었다. 그래서도 안 될 일이었다. 나의 소중한 삶을 나와 함께 이뤄주는 다른 '누군가'와 다른 '무엇'에게 그들의 삶을 인정해주고 나눠줄 줄 알아야 했다.

와이탄의 야경을 보기 전의 나는 그렇지 못했다. 나의 삶 안에서라면 매 순간 내가 가장 빛나길 바랐었다. 너무도 당연한 사실을 불빛 하나에 인지한 내가 우스웠지만, 나는 그런 당연한 이치를 그제야 깨달을 만큼 범인凡人이었다고 그럴 듯한 핑계로 나를 위로했다. 시시각각 변하는 조명과 이미지를 보여주던 푸둥, 생동하는 건축물과 인물을 외면하는 빛이 자리했던 와이탄, 화사한 불빛으로 물들어 일렁이던 황푸강, 강을 가르던 유쾌한 페리가 상하이의 밤을 채웠다. 그 밤의 다채로운 즐거움을 느끼며 나의 삶을 이루는 수많은 무언가와 누군가를 느꼈다. 이제껏 그들 제각각 주인공일 수 있었음에도, 들러리가 되어준 데 감사하며, 나의 삶 안에서 매 순간 가장 빛나고 돋보이고자 했던 욕심을 슬며시 놓아보았다.

달콤하게
기억된 이

사람이 사후에 기억되는 방식을 보면 그를 대하는 사람들의 감정을 읽어낼 수 있다.

어떤 인물보다 달콤하게 기억된 이가 있다. 잘츠부르크는 초콜릿을 통해 천재 음악가 모차르트가 대중에게 기억되는 방식을 보여주고 있다. 게트라이데 거리Getreidegasse, 모차르트 광장Mozart Platz, 상점들 등 잘츠부르크 곳곳에서 대중이 그에게 갖는 달콤한 감정을 쉬이 읽어낼 수 있다. 그가 아니었다면, 잘자흐Salzach 강가의 소박하고 작은 도시에 이렇게 많은 이들이 관심을 보였을까 싶을 정도로, 잘츠부르크는 모차르트로 가득 차 있는 곳이다.

구시가가 시작되는 길목에 샛노란 건물색이 인상적인 모차르트 생가가 자리하고 있고, 생가를 지나 오른쪽으로 가면 그의 이름을 딴 광장

이 있다. 광장에는 그의 모습을 꼭 닮은 동상이 서 있다. 위대한 음악가의 동상은 아담한 주변 건물과 조화를 이루고 있다. 동상은 후세 사람들이 특정 인물을 기억하고 싶은 방식을 반영해 만드는 것이니, 모차르트의 실물과는 차이가 있을 수 있겠지만, 적어도 그를 인식하는 사람들의 긍정적이고 애정 어린 시선을 엿볼 수 있는 기념물이다.

광장에서 오른편으로 시선을 돌리면 잘츠부르크 대성당^{Salzburger Dom}이 있다. 빈티지민트 빛깔의 둥근 돔이 인상적인 성당에서 모차르트가 세례를 받았다고 한다. 이처럼 가옥과 광장, 동상, 성당에 이르기까지 작은 도시 곳곳이 모차르트의 흔적과 기억을 품고 있다. 그의 자취는 이것으로 그치지 않는다. 잘츠부르크 상점 중에 그와 관련된 기념품을 팔지 않는 곳을 찾는 게 쉬울 듯하다. 어느 상점 어떤 진열장을 보아노

어떤 형태로든 그가 있다. 모차르트 인형, 모차르트 기념엽서, 모차르트 열쇠고리, 작은 악기 모형 등 그를 상기시키는 다양한 것들이 상점 진열장마다 빼곡히 자리하고 있다.

기념품 중에서 단연 눈에 띄는 것은 초콜릿이다. 모차르트 초콜릿은 잘츠부르크를 대표하는 특산품이라고 할 수 있을 정도로 유명하다. 초콜릿 종류도 많고, 초콜릿을 담은 케이스 모양도 다양한데, 가지각색의 초콜릿 케이스는 그 자체로 훌륭한 기념품이다. 케이스에 모차르

트 얼굴을 그려놓은 것, 비올라나 바이올린 모양을 한 것, 필통 모양이나 하트 모양에 이르기까지 다양한 케이스가 모차르트 초콜릿을 담고 있다. 가장 유명한 것은 육각형 모양 케이스에 담긴 미라벨mirabelle 초콜릿으로, 동그란 초콜릿 볼 안에 산뜻한 민트가 들어 있어 달콤하면서도 향긋한 풍미를 준다.

생전의 모차르트가 단 것을 좋아했는지, 그의 입맛이나 기호와 상관없이 그가 달콤하게 기억되고 있다는 건 분명해 보인다. 역사적인 무엇을 기념하는 것은 현세 사람들의 기억을 다시 주조하고, 그 기억에 의미를 부여하는 과정이다. 그를 기억하는 사람들의 시선에 분명 달콤한 감정과 낭만적 정서가 깃든 때문이 아닐까. 모차르트가 낭만적인 사랑의 대상이라는 걸 의미하지 않을까. 초콜릿은 그 달콤한 맛 때문에 달콤한 감정인 사랑을 상징하며, 사랑을 전하는 징표로 사용되곤 한다.

이처럼 가장 귀한 감정을 모차르트에게 이완한 걸 보면, 잘츠부르크를 비롯해 그를 대하는 사람들과 이 소도시가 그를 기억하고 사랑하는 방식은 퍽이나 달달한가 보다. 모차르트 광장, 그의 동상 아래에는 그에게 바치는 꽃이 여전히 가득하다. 그가 세상을 떠난 지 무려 225년이 흘렀지만, 아직도 그를 기억하는 많은 이들과 기념물 덕분에 그의 자취는 달콤하게 그리고 생생히 남아 있다.

사운드 오브 뮤직

잘츠부르크 숙소 1층에서 투어 팸플릿을 발견했다. 요 작은 도시에도 투어가 있단 말이지, 어떨까 궁금했다.

꼭 필요한 경우가 아니면 투어를 그리 좋아하지 않는다. 여럿이서 우르르 이동하며 비슷한 감동을 강요받는 것 같은 기분이 들어서다. 하지만 팸플릿을 보니 관심 갖지 않을 수 없었다. '사운드 오브 뮤직 투어'였으니 말이다. 영화 〈사운드 오브 뮤직The Sound of Music〉에 등장한 장소들을 둘러보는 것으로, 영화장면이 그려진 예쁜 투어버스를 타고 잘츠부르크 근교인 잘츠캄머구트Salzkammergut까지 간다고 했다.

투어는 폰 트랩 대령의 집, 대령의 딸 리즐과 남자친구 랄프가 사랑의 노래를 부르던 썸머하우스Summerhouse, 여름별장, 마리아와 대령이 결혼식을 올린 몬트제 성당과 주변의 아름다운 호수까지 둘러보는 일정으로 구성되어 있었다. 마침 식당에서 만난 숙소 친구들에게 들어보니 투어 평이 너무도 좋았다. 잘츠부르크에 있는 대부분의 호스텔과 호텔에는 이 투어 팸플릿이 비치되어 있다고 했다. 숙소나 미라벨 정류장에서 투어를 신청하면, 가이드가 투어 30분~1시간 전에 숙소들을 다니며 여행객을 모아 정류장으로 이동하거나, 투어 시간에 맞춰 여행객이 정류장으로 그냥 나가면 된다. 투어버스 정류장은 미라벨 정원 건너편에 있는 미라벨 정류장이다. 아침 9시와 오후 1시, 두 타임 중 아침잠이 많은 나는 1시를 택했다. 일반적인 투어를 시작하기에는 늦은 시간이지만, 총 4시간짜리 투어라 시간적 부담이 적었다. 아침에 여유롭게 일어나, 미라벨 정원Mirabellgarten을 홀로 둘러보고 투어를 시작하면 시간도 맞겠고, 투어의 즐거움과 분위기를 미리 돋워줄 거라고 생각했다.

다음 날, 잘츠부르크에서 맞는 첫 아침. 나는 잘츠부르크 신시가로 향했다. 따사로운 아침 햇살을 받으며 미라벨 정원으로 가는 길이었다. 처음 가는 길이지만 조용한 소도시의 신시가와 구시가 구조가 단순해 정원을 찾기는 어렵지 않았다. 숙소에서 멀지 않았고 미리 사진으로 많이 봐둔 덕이었다. 미라벨 정원은 영화 〈사운드 오브 뮤직〉에서 마리아가 아이들과 '도래미송'을 부르던 곳으로, 미라벨 궁전Schloss Mirabell에 딸린 정원이다. 미라벨은 '아름다운 전망'이란 의미로, 이름처럼 화사하고 아름다운 공간이라 여행객뿐만 아니라 주민들도 쉼터로 자주 찾는 곳이다.

정원 입구의 유니콘 상을 타보려는 아이들, 잔디를 밟으며 작은 행복을 즐기는 아이, 벤치에 앉아 점심을 즐기는 사람, 책을 읽으며 생각에

미라벨 정원

잠긴 이, 담소를 나누는 이들, 결혼식 촬영이나 돌이 되어 보이는 아기 사진을 찍는 사람들, 작은 결혼식을 겸한 파티를 즐기는 이들 등 정원에는 많은 사람들의 다양한 행복이 연출되고 있었다. 궁전 앞에 예쁘게 정비된 꽃밭은 자연미와 인공미가 적당히 어우러져 있고, 정원 전체적으로 곡선이 많은 형태와 구조라 그런지, 부드럽고 발랄한 분위기가 느껴졌다. 여백이 많은 정원은 화려함으로 꽉 채워진 정원보다 좀 더 여유로운 기분을 갖게 했고, 정원 어디에나 편안한 벤치와 아름다

미라벨 궁전과 정원

운 꽃이 있어 한적한 분위기가 감돌았다.

오전을 미라벨 정원에서 보내고 잠시 구시가지에 들렀다가, 오후 1시에 맞춰 미라벨 정류장으로 갔다. 잘츠부르크에서 1시간 반 정도 가면 빙하가 녹은 물이 여러 개의 호수로 남은 아름다운 지역인 잘츠캄머구트에 도착한다. 투어의 첫 여정은 호수와 오리 떼의 평화로운 모습이 인상적인 폰 트랩 대령의 저택이다. 영화 속에서는 마리아가 저택 앞 호수에 배를 띄우고 아이들과 놀다 물에 빠지며 대령과 첫 대면하는 곳이다. 마리아는 반갑게 인사하고 대령은 어이없어 하던 장면에서 유쾌하게 웃던 기억이 났다. 영화에는 대령의 아이들이 많이 등장했는데, 이 투어에도 가족여행객이 많아, 아이들이 꽤 있었다. 호수 주변 아기자기하고 예쁜 장소에서 어린애들이 만들어내는 귀여운 소란스러움은 덤이었다. 다음 장소로 이동하는 버스 안에서 가이드가 먼 산을 가리키며 주의 깊게 봐두라고 했다. 영화의 마지막에 한 가족이 된 마리아와 대령이 아이들과 함께 나치가 점령한 조국 오스트리아를 떠나기 위해 넘던 알프스였다. 마리아 가족은 알프스를 넘어 스위스로 탈출했다.

두 번째로 간 곳은 썸머하우스. 대령의 맏딸 리즐이 남자친구 랄프와 'I am 16 going on 17'을 함께 부르며 사랑을 속삭이던 곳이다. 에너지가 넘치고 친절한 가이드는 연인들이 부르던 노래를 직접 부르며 당시 배우들의 실제 나이와 촬영 당시 카메라 위치 등을 재미나게 설명해줬다. 다시 올라탄 버스 안에는 〈사운드 오브 뮤직〉 사운드 트랙이 계속 흘렀고, 창밖으로는 푸른 초원 위 소 떼가 보였다. 한동안 호수를 죽 둘러보는 여정이 이어졌다. 이 지역은 빙하가 녹은 물이 만들어낸 호수가 많기로 유명하다. 이곳 호수로 여행 오는 사람들도 많은데, 가까운 할슈타트도 아기자기한 호숫가 마을로 인기 있는 여행지다. 그곳에서 하루 이틀 묵거나 잘츠부르크에 숙소를 두고 하루여행으로 오기도 한다. 나도 호수 마을을 여유롭게 보고 싶었지만, 할슈타트를 가자면 시간도 꽤 걸리고 저질 체력이라 근교 여행 없이 잘츠부르크에 계속 머물렀다. 할슈타트에 아쉬움이 있었는데, 이 투어를 통해 오스트리아의 아름다운 호수를 여럿 접하니 아쉬움이 덜어졌다. 아름다운 민트블루 물빛과 호수를 둘러싸고 있는 갈색 지붕의 아기자기한 집들. 호숫가 마을의 정겨운 풍경이 두 눈 가득 담겼다.

몬트제 성당 내부   몬트제 성당 외부 (위) 몬트제에서의 가벼운 식사 (아래)

두 번째 경험한 호수는 색과 주변 풍경이 첫 번째 본 호수와 많이 달랐다. 그 전 호수가 물감을 탄 듯 화사한 민트블루 색감으로 아기자기 예쁜 인상을 주었다면, 뒤에 접한 호수는 보다 깊어서인지 주변 나무들이 비쳐서인지 다크그린블루 물빛이 차분한 느낌을 자아냈다.

어느 순간 잠들었나 보다. 내리라는 가이드의 안내에 따라 비몽사몽간에 얼마나 걸었을까. 마리아와 폰 트랩 대령이 결혼식을 올렸던 성당이 자리한 곳, 몬트제Mondsee였다. 몬트제는 건물마다 각기 다른 파스텔톤 옷을 예쁘게 입은 모습과 조용한 분위기, 아담한 마을 크기 등이 이탈리아 부라노Burano 섬과 비슷했다. 부라노의 건물이 원색이 강하다면, 몬트제의 건물은 파스텔톤이 주를 이루었다.

파스텔옐로우의 밝고 깨끗한 몬트제 성당은 규모가 크지는 않았지만 검은색으로 장식된 본당 내부 장식물과 성상들이 독특했고 천장 문양은 눈꽃을 연상시켰다. 성당에서 시간을 좀 더 보내고 싶었지만 자유여행 아닌 그룹 투어라 시간 조절을 잘해야 했다. 성당 밖으로 나와 건너편 건물들을 잠시 살펴보는데 기념품 파는 상점 몇을 제외하고는 대부분 레스토랑 겸 카페였다. 투어 중에 알게 된 친구와 자주색 레스토랑의 야외 테이블에 앉아 흐뭇한 크기와 맛의 비엔나아이스커피와 따뜻한 와플에 아이스크림을 얹은 아이스크림 와플, 햄에그 샌드위치를 맛나게 먹었다.

몬트제는 투어의 마지막 코스였다. 일정 내내 영화음악을 틀어주고, 불러주며, 같이 부르게 했던 가이드는 돌아가는 버스 안에서 영화를 보여줬다. 덕분에 하루여행의 감흥이 더욱 깊어졌다.

미라벨 버스정류장에 도착하며 투어는 끝났다. 사운드 오브 뮤직 투어는 여러모로 만족도가 높았다. 아름다운 호수 지역 잘츠캄머구트 곳곳을 버스에 앉아 편안히 즐길 수 있었고, 고전 영화 〈사운드 오브 뮤직〉을 다시 감상했고, 투어 시간도 부담 없었으며, 힘찬 목소리와 친근한 태도로 투어를 이끌던 가이드와 기사가 기억에 남는 등 장점이 많았다. 뮤지컬 영화 〈사운드 오브 뮤직〉의 배경을 이어서 간 덕분에, 마리아의 멜로디를 따르는 여정이었다. 투어가 끝나고 다시 미라벨 정원으로 걸음했던 건 귓가에 울리던 멜로디가 여전했고, 눈가에 머문 호수마을의 잔영이 아쉬워서였다.

눈 내리는 길과
라떼 아트

      고케시 인형(일본 목각인형)을 두 개 사서는 들뜨고 즐거운 기분으로 언덕을 내려왔다. 뛰다시피 길을 내려오니 동료들은 철학의 길로 들어서고 있었다. 철학의 길은 교토대학 교수이자 철학자인 니시다 기타로西田幾多郎가 즐겨 산책하던 길이다. 파리 센 강의 퐁 네프 다리Le pont Neuf나 예술의 다리Pont des Arts처럼 사실상 평범한 길에 네이밍을 잘한 경우라고 할 수 있다.

여행을 함께한 연구원 동료 중 몇은 철학 전공이라 이 작은 길을 거니는 마음가짐이 조금은 특별한 것 같았지만 난 그다지 감흥이 없었다. 소박하고 작은 길은 산책하기에 좋았지만 너무도 평범했다.

철학의 길에 들어선 지 얼마 안 되어 눈이 내리기 시작했다. 곧 그치겠지 했던 눈발은 점점 거세지더니 급기야 펑펑 쏟아졌다. 교토여행

을 위해 새로 산 카메라가 고장이라도 날까 코트 안으로 감춘 것도 잠
시⋯ 이 눈을 내 눈에만 담자니 아쉬웠다. 우리는 거센 눈발을 온몸으
로 맞으며 사진을 찍고 동영상을 촬영했다. 아아, 이렇게 펑펑 내리는
눈, 정말 오랜만이다. 보잘것없던 길이 아름답게 변하는 순간이었다.
마법 같은 그림이 계속 이어졌다. 교토가 서울보다 따뜻하다고는 하지
만 겨울바람에 눈까지 내리는데 새빨간 꽃이 피어 있었다! 꽃은 하나
의 덤불을 이루고 있었다. 이 겨울에 이런 붉은빛이라니, 믿을 수 없어
카메라를 들이밀었지만 사진이란 실제의 감동을 담기에는 너무나 부
족한 사물이다.

기대 없이 걷던 길에서 예상 못했던 선물을 받은 아이처럼 우리는 즐
거웠다. 철학의 길 주변에는 들어가서 몸을 녹이며 따뜻한 차 한잔 꼭
마시고픈 예쁜 카페가 많았다. 점점 세기와 강도를 더해 가는 눈 덕분

에 앞이 안 보여 걷는 게 힘들어져, 우리는 철학의 길 끄트머리에 자리한 찻집으로 들어갔다.

요지야 카페. '요지야'는 일본의 유명한 화장품 브랜드이고, 요지야 카페는 이 브랜드에서 만든 카페 브랜드다. 입구로 들어가 예쁘고 정성스레 꾸며놓은 정원을 지나면 한쪽에는 카페가, 좀 더 안쪽에는 화장품 매장이 있다. 카페 1층 카운터 앞에는 케이크, 쿠키, 초콜릿, 스티커 등 이 브랜드의 다양한 제품이 진열돼 있었다. 초록색 쿠키 상자에 그려진 여인은 요지야 브랜드의 캐릭터. 눈매가 가늘고 매서운 게 조금 무서워 보이기도 하고, 전통적인 미인상인 것도 같다.

2층으로 안내되어 올라가니 전망 좋은 통유리창이 인상적인 전통 일본식 주택이다. 창가에 자리를 잡았다. 아기자기한 일본식 정원, 정원 위를 하얗게 덮은 눈, 멋진 풍경이다.

일본 전통차를 주문하려다 녹차라떼에 그려주는 라떼아트가 인기라는 말을 듣고, 녹차라떼를 주문했다. 녹차라떼에 요지야 캐릭터인 여인을 다소곳이 그려준다. 청아한 미가 인상적이지만 역시 좀 무섭다. 무서운 얼굴을 마시기가 좀 거북하고, 이 얼굴을 어디서부터 없애야 하나 주저하고 있으니, 동료가 입부터 없애라는 무서운 제안을 했다.

동료 말대로 입 부분부터 마시니 여인의 모습은 더욱 무서워졌지만, 부드러운 스팀밀크와 쌉싸름한 녹차 맛이 어우러져 혀끝에 닿는 식감이 좋고, 온몸이 따뜻해져왔다. 편안한 행복감이 깊게 밀려들었다. 철학의 길에 들어설 때만 해도 기대하지 못했던 감정이다. 역시 공간은 그 자체보다, 무언가 이야기가 담길 때 매력적이다. 눈이라는 이야기가 담긴 공간에서 뜻밖에 행복했다.

다시 찾은
물 위의 마을

상해에서의 마지막 날, 상해박물관 관람을 마친 게 오후 3시 반. 참 어중간한 시간이다. 상해 곳곳을 가보았고 근교 도시인 주자자오와 항저우에까지 다녀왔으니 크게 아쉽지는 않았지만 내일 떠난다고 생각하니 다시 욕심이 났다. 여행욕심은 언제나 비워낼 수 있을까…. 상해에서 그리 멀지 않은 곳에서 알차게 여행의 마지막을 마무리하고 싶었다.

마침 주자자오 외에 수향水鄕마을을 한 곳 더 가보고 싶었다. 물가에 있는 마을이란 뜻의 수향마을. 상해 근교에는 물 위나 물가에 지어진 마을이 꽤 많다. 이 수향마을을 찾아 상해에 온 것이기도 했다.

다시 가게 된 수향마을은 치바오七寶라는 곳이다. 상해 근교로 나갈 필요도 없다. 상해에 있다. 홍차오 공항 근처에 있는 데다 지하철로 쉽게

갈 수 있어서 오후에 출발해도 넉넉하게 다녀올 수 있을 것 같았다. 지하철 치바오 역 2번 출구로 나와, 뒤돌아 직진했다. 횡단보도를 건너지 않고 보도블록을 따라 쭉 가면 되는데, 잠시 건너야 하나 말아야 하나 갈등하다 결국 지나가는 아주머니께 여행책자를 내밀며 길을 물었다. 중국분인 줄 알고 책자의 한자를 가리키며 길을 물었는데, 놀랍게도 아주머니는 한국분이셨다. 상해 변두리에서 혼자 다니는 한국 여자애를 보고 아주머니도 꽤나 놀라시며 상세히 길을 알려주셨다.

덕분에 치바오 입구에 무사히 도착했다. 입구에 치바오라오지에七宝老街라는 큰 돌로 된 표지판이 있어 찾기 어렵지 않다. 입구를 지나쳐 오른쪽으로 상점들이 밀집한 길로 들어가는데, 작고 오밀조밀한 골목길이 반갑다. 길 자체도 예쁘지만 다양한 상점이 옹기종기 모여 있어 더욱 정감 있다. 주자자오에서처럼 목조건물로 잘 꾸며진 골목을 거닐다가, 마음에 드는 상점에 들러 지인들에게 선물할 소박한 기념품을 샀다.

상점을 나와 골목이 끝나는 지점에 있는 동그란 문을 통과하면 식당이 모인 광장이 나오고, 그 광장 끝에 다리가 있다. 이 다리가 치바오의 중앙통로인 셈인데, 다리에 서니 주자자오보다 작은 규모의 수향마을 치바오가 보였다. 그러나 물 위에 떠 있는 것만 같은 건물들, 물 위에 비치는 반영, 그 물을 가르며 오가는 나무배까지 주자자오에서 느낀 수향마을의 아름다움을 다시 느끼기에 부족함이 없었다.

다리를 건너자마자 있는 좁은 먹자골목 안은 사람들로 바글거렸다. 저녁시간이 가깝기도 했고, 골목 구경을 좋아하기도 해서 복잡한 인파 속으로 섞여 들어갔다. 구운 메추리알과 오리알, 주전부리하기 좋은 말린 과일과 무슨 고기인지 가늠이 안 되는 각종 튀김, 꼬치 요리들, 조금은 우악스러워 보이는 족발과 한입 거리 작은 떡, 과일을 알알이 꼬치에 끼워 그 위에 설탕물을 발라 굳힌 과일꼬치까지 골목에는 먹거리가 넘쳐났다. 오가는 사람 누구랄 것 없이 먹을 것을 들고 있었다.

다채로운 먹거리 중 눈에 띄는 게 있었으니 바로 꽃게 튀김 꼬치! 한국에서부터 상해에 가면 꽃게 요리를 꼭 먹어보라는 말을 들었는데, 튀김 꼬치로 먹어볼 기회였다. 꼬치에는 중간 크기의 꽃게가 세 마리나 끼워져 있었다. 이색적인 비주얼로 눈을 확 사로잡은 꽃게를 한 입 베어 무니 와사삭! 껍질이 쉽게 부스러지며 짭조름한 즙과 함께 연한 속살이 느껴졌다. 겉은 바삭한데 하얀 속살은 촉촉한 게 맛이 꽤 좋았다. 꽃게 꼬치를 먹으며 좁은 골목 좌우를 정신없이 구경하다 보니 목이 말랐다. 마침 앞에 보이는 코코넛 음료를 한 잔 마시니 달달하면서 시원한 게 또 일품이다. 맛볼 게 또 없나 기웃기웃했다. 좁고 작은 골목 하나를 계속 오가며 구경하고 먹는데 전혀 지루하지 않았다.

먹자골목의 입구, 다리 위를 보니 어느새 말갛던 해가 지고 소복소복 어둠이 내려앉았다. 작은 다리를 사이에 두고 얕은 강물과 그 주변에 자리한 중국식 목조가옥과 상점들의 모습은, 규모가 작아도 이색적인

물 위의 정취를 즐기기에 부족함이 없다. 게다가 상해 안에 있는 수향
마을인 만큼 좀 늦게까지 있어도 차편이 끊길 염려가 적어, 상해 근교
주자자오에서는 경험할 수 없었던 야경까지 즐길 수 있었다. 버들가지
가 늘어진 치바오 강가, 어둠에 불 밝힌 건물들이 강물에 비친 반영은
매우 고혹적이었다.

상해 여행의 마지막, 수향마을의 그윽한 야경과 함께할 수 있어 만족
스러운 밤이었다. 유독 물을 좋아하다가 물의 도시에 빠졌고, 물의 도
시를 따라 서울에서 상해까지 갑작스러운 여행을 온 터였다. 주자자
오, 치바오 그리고 항저우까지 물 위의 마을을 몇 곳이나 경험했으니
목표를 이룬 여행이었다. 그런데도 다른 수향마을까지 가보고 싶은 욕
심이 여전한 걸 보면, 물 위의 마을을 찾는 여정은 그리 멀지 않은 날
다시 이어질 것 같다.

—

Part 3

생각이 머무는 그곳

파 리 에 서
가 장 오 래 된 성 당
그 리 고 불 상

　　파리에서의 첫째 날 첫 여정은 이곳부터다. 몇 년 전 파리에
처음 도착한 날처럼, 두 번째 파리여행도 같은 곳에서 시작했다. 생제
르맹 데 프레 성당Eglise St. Germain des Pres은 파리에서 가장 오래된 성당
이다. 생애 첫 파리여행에서 가장 먼저 갔던 곳이다. 왜 하필 이곳부터
여행했는지 정확히 기억나지 않는다. 성당보다는 성당 뒷골목에 자리
한 부티크, 서점거리가 가고 싶었던 것 같다.

동명의 지하철역에서 나오면 바로 성당 벽면으로 이어진다. 공사 중이
던 성당 정문은 말끔하게 단장을 마쳤다. 그 외는 모두 같은 모습이다.
책을 보며 성당을 지키던 문지기 아저씨까지 똑같다. 성당 옆, 작은 상
점이 반갑다. 몇 년 전과 꼭 같은 위치에 있는 너무도 여전한 크레페 상
점. 누텔라 초콜릿을 잔뜩 바른 크레페를 먹으며 거리의 악사 공연을

봤었다. 큰 변화 없이 예전 모습을 잘 간직하는 도시인 파리지만, 이렇게 작은 상점마저 똑같은 모습으로 자리를 지키다니. 작은 부분까지 쉽사리 변치 않는 모습이 파리의 매력이라 느끼며 예전에 먹은 그 크레페를 주문했다.

크레페를 먹으며 거닐었던 곳은 파리에서 매우 부유한 동네다. 성당 왼편으로 돌아가면 부티크 상점과 전문 서점들이 빽빽하다. 사르트르와 보부아르, 까뮈 등 당대의 문인과 명사들이 활동했던 지역으로 살롱 문화와 실존주의, 보헤미즘이 휩쓸고 간 인문학적인 거리이기도 하다. 지금도 많은 예술가들의 작업실과 출판사가 자리하고 있다. 화려하면서도 지적인 양가적 분위기와 느낌이 머무는 공간이다.

가고 싶던 곳이 있다. 지금도 그 모습일지 궁금한 곳. 빽빽하게 꽂힌 책 사이에 놓여있던 불상 머리가 뜬금없던 디자인 서점. 불상 머리가 여전한지 궁금했다. 기억을 더듬어 자콥 거리에 있던 서점을 찾아갔다. 독특하고 아름답지만 무척 비싼 액세서리, 인테리어 소품, 가구 등이 있는 부티크가 이어진다. 굳이 뭘 사지 않아도 구경하는 것만으로도 재미있다.

나 같은 서민은 살 수도 없는 물건들이 가득한 이 길이 정겹게 느껴지는 건 엄마와의 기억 때문이다. 이 길에서 유난히 즐거워하시던 엄마, 당신의 즐거움에 나도 그저 기분이 좋았었다. 같이 걸었던 이 길을 홀로 걷지만, 그때보다 성장한 탓인지, 당신과의 기억 때문인지 역시 즐겁다.

자콥 거리는 보나파르트 거리로 이어진다. 보나파르트 거리는 책 냄새 폴폴 풍기는 서점거리다. 책과 서점이 주는 분위기도 좋고, 녹색이나 빨간색의 아름다운 외관을 가진 서점 모습을 보는 것도 좋다. 기억을 좀 더 세심하게 더듬는다.

찾았다! 마치 서재 같은 느낌을 주던 그곳, 서점보다는 어수선하게 책이 쌓여있어 정리 안 된 서고 같은 느낌마저 들던 곳. 물론 그 안에는 서점 주인만의 규칙이 있으리라. 창고 같기도 서재 같기도 한 그곳은 나를 매번 생각보다 오랫동안 머물게 하곤 했다.

아직 있구나. 불상. 반가웠던 게 아니다. 예전에 봤을 때도 그랬는데 불편한 마음이 든다. 참으로 뜬금없는 불상이지 않은가. 어떤 개연성도 없이 책 사이에 놓여 있는 모습은 긍정이 안 된다. 참으로 괴상한 소품 활용이었다. 프랑스는 동양에 대한 관심이 매우 높은 나라다. 그래서 이 나라는 서구권치고는 동양에 대한 인식이 상당히 좋은 편이다. 그런데 프랑스에서의 동양이란 대부분 일본과 그 문화를 의미하는 것이라, 그 관심이 반갑기보다는 씁쓸하다. 일본에 적대감을 가져서만도 아니고, 그들이 생각하는 동양이 우리나라와 우리 문화가 아니어서도

아니다. 단순하게 뭉뚱그려지는 게 싫은 거다. 그런 폭력적인 인식과
일반화가 싫은 거다. 게다가 저런 생뚱맞은 데코레이션이라니. 마치
한국인이 엉터리 영문이 쓰인 티셔츠를 입거나, 한국적인 공간에 맥락
없이 서구적인 소품을 장식한 것과 같은 모양이다.

마음에 드는 이 공간에 다시 왔을 때는 불상이 없길 바랐는데. 불상 하
나에 너무 많은 이야기와 생각을 담았는지도 모르지만, 다음에 이곳에
왔을 때는 불상이 없었으면 좋겠다. 파리에, 프랑스에 좀 더 넓은 동양
관이 들어서길 원한다. 비약되고 왜곡된 렌즈를 통하지 않은 동양에
대한 더욱 깊고 넓은 문화와 역사에 대한 인식이 이곳에 자리하길 바
란다. 내가 프랑스를 파리를 사랑하는 만큼 그들도 동양, 나아가 한국
과 서울에 대해 애정까지는 아니어도 좀 더 존중이 내재된 관심과 호
기심이 자리하면 좋겠다.

그
와
의
만
남

그를 만난 오후는 우연이었다. 메종 드 발자크^{Maison de Balzac}는
한국에서부터 파리에 가면 꼭 들러보려고 마음먹고 있던 곳이다. 파리
도착 첫날부터 가고 싶은 마음을 꾹꾹 누르고 있었다. 워낙 깊고 크게
마음속에 자리한 그이기에, 만나기 전에 준비를 하고 갈 생각이었지
우연히 허술한 상태로 갈 생각은 전혀 없었다. 하지만 그와의 만남과
재회를 통해 나는 '인연이란 우연을 가장해 찾아오고 이어진다'는 걸
알게 되었다.

엄마와 가볍게 다툰 뒤였다. 유독 친한 모녀 사이인데도 긴 여행은 다
툼을 불렀다. 너무 화창해서 그냥 흘려버리기 아까운 날, 파리의 가을
치고는 쉽지 않은 귀한 날, 지금은 기억나지도 않을 소소한 일로 엄마
와 다퉜다. 피곤하다며 먼저 숙소로 가시는 엄마를 모른 체하며, 혼자

파시Passy로 걸음을 옮긴 참이었다. 파시에 도착했을 때만 해도 짜증과 신경질이 날 대로 나서 여행이고 뭐고 다 집어치우고 싶었다. 단지 그 좋은 날씨와 바람이 아까워 기를 쓰고 돌아다니는 중이었다. 엄마는 아무것도 모르면서! 이번에는 나도 지지 않을 셈이었다. 이어폰에서 흘러나오는 음악에 귀 기울이며, 한적한 도심 주택가를 걸었다. 고급 주택가인 파시는 인도와 도로가 잘 정돈되어 있어 거닐기 좋고, 우아하고 화사한 느낌의 건물이 많이 자리한 곳이었다. 파시 특유의 밝은 분위기 덕분이었는지, 그때 즈음엔 파리에 많이 익숙해져서인지 지도 없이 처음 와 보는 곳을 홀로 거니는데도 마음이 편안했다. 덕분에 화도 가라앉고 엄마에게 미안한 마음도 슬그머니 고개를 들었다. 숙소에 잘 도착하셨을지 뭘 좀 드셨을지 나처럼 기분이 나아졌을지 궁금하고 걱정됐다.

그런 마음에 숙소로 서둘러 돌아가려던 나를 붙잡은 게 그였다. 짙은 녹색 문 앞에 우뚝 서버린 건, 발자크의 공간을 만나서였다. 메종 드 발자크, 프랑스 출신의 세계적인 대문호 오노레 드 발자크Honoré de Balzac를 기리며 그의 유품을 보관·전시하고 있는 일종의 기념관이나 문학관이라고 할 수 있는 곳이다. 꼭 가보고 싶은 곳이었지만, 나 같은 길치가 무려 혼자서 찾으려고 했다면 쉽게 찾을 수 없었을 거다. 몇 번이나 헤매고 헤매다 간신히 찾았을 테지. 이렇게 쉽게 길을 가다 우연히 발견하고 보니, 뜻밖의 선물을 받은 것만 같았다.

아주 어릴 적부터 알아온 발자크였다. 그에게 깊은 마음을 두게 된 건 꽤 성장하고 난 후였지만. 어린 소녀였던 나는 밤을 새워가며 그의 작품을 읽었다. 재미와 흥미, 감동이 가득했던 그의 작품이 가진 의미를 알게 된 건 대학에 들어가서였다. 전공인 서양사를 제대로 이해하기 위해서는 지리, 종교, 예술 등을 포함한 문화에 대한 복합적인 연구와 공부가 필요했다. 그런 강의와 학습의 영향으로 내가 새롭게 알게 되고 접하게 된 것 중에 발자크가 있었다. 프랑스사에 관심이 있던 내게 프랑스 호적부와 경쟁했다는 말을 들을 정도로 다양한 계층의 인물군과 사회문화적인 제도와 관습 등에 대한 종합적인 연구를 통해 하나의 소설, 문학을 넘어 역사서로까지 기능했던 발자크의 저서들은 매우 인상적이었다. 사실적이면서도 파편적이지 않고, 총체적으로 현실을 안고 담은 발자크의 작품이 가진 재미의 이유와 원인을 알게 되고부터는 더욱 흥미로워진 것이다. 가장 관심 있는 서적의 장르가 소설과 역사서였으니 발자크가 내게 준 감흥은 정말이지 큰 것이었다.

많은 작품이 인상적이지만, 내가 가장 좋아하는 그의 작품은《골짜기의 백합 Le Lys dans la Vallée》이다. 이 소설은 감정을 절제하며 함축적으로 표현하고 있어 시적인 느낌을 준다. 또한, 당대의 프랑스 문화와 관습을 보여주어 소설적인 재미에 사회·역사적인 사실까지 더하고 있다. 이 작품을 보며 발자크가 선이 굵은 역사 소설만을 쓸 줄 아는 작가가 아닌, 섬세한 감정선을 그릴 줄 아는 인물임을 알게 됐다.

오후 5시가 가까운 시각, 메종 드 발자크의 직원은 입장료를 받지 않았다. 폐관 시간이 다 되어 입장료를 받지 않는 것 같았는데, 파리의 다른 미술관이나 갤러리에서도 이런 경험이 있었다. 운이 좋다 생각하며, 어서 들어가라 하는 그에게 고마움을 느끼며 조심스레 안으로 걸음을 옮겼다. 그저 집이었다. 거창하게 문학관이나 기념관이라고 간판을 달지도 않았고, 이곳저곳 작가의 흔적을 과장하고 강조하며 늘어놓지도 않은, 작가가 살던 공간에 쓰던 물건을 그대로 둔, 참으로 수더분하고 편안하게 정돈된 곳이었다. 발자크가 쓰던 필기구와 그가 보낸 시간과 노고의 흔적이 느껴지는 오래된 책상, 그에게 의미 있는 주변 인물들의 초상까지. 곳곳에 작가의 흔적이 자연스럽게 묻어 있었다.

파리에 꽤 머물렀던 첫 번째 파리여행에서 메종 드 발자크를 두 번인가 세 번 방문했다. 파리를 떠나기 직전 마지막으로 찾은 그곳에는 그의 흔적만이 아닌, 이제 그와 내가 소통한 시간의 결도 쌓여 있었다. 나는 메종 드 발자크, 이 빈티지한 품위와 부담 없는 고요가 머물던 공간을 철문과 창틀, 현관과 내부 탁자 등에서 볼 수 있었던 짙은 녹색으로 기억한다. 소탈하면서도 우아한 느낌을 자아내는 짙은 녹색이 귀족이었으면서도 민중의 삶에 깊이 관심을 두고 분석해 글로 남겼던 그와 그가 머물던 공간에 참 잘 어울린다고 생각했다.

두 번째 파리여행에서 그를 만난 건 로댕미술관에서였다. 로댕과 발자크는 마치 나와 발자크가 그의 공간에서 소통했듯이, 발자크 사후에 인연을 맺었다. 로댕이 발자크의 동상제작을 의뢰받아 만들면서 시작된 것인데, 로댕은 생전 만난 본 적 없는 발자크 삶의 흔적을 찾아 그의 집을 몇십 번이나 찾았다고 한다. 이런 인연을 갖는 그들인데 왜 난 로댕미술관을 찾으며 발자크를 만날 기대를 못 했는지. 그와의 두 번째 만남 역시 내게 느닷없이 다가왔다.

정원 한켠에서 그의 동상을 발견했다. 로댕미술관 정원에 있던 발자크

로댕미술관 정원에 있던 발자크 동상

에게서는 일반적으로 누군가를 기리는 동상이 갖기 마련인 정확한 묘사와 뚜렷한 선은 찾아볼 수 없었다. 대신 마치 흘러내리는 듯 불분명하고 언뜻 기괴하게까지 느껴지는 형상이었다. 발자크와 로댕에 대한 사전지식 없이 발자크 동상이라는 걸 알아차리는 건 거의 불가능해 보였다. 과연 로댕답다는 생각을 하며 정원의 남은 공간을 둘러보고 1층을 지나 2층 어느 방으로 들어섰을 때 정원을 바라보는 그의 두상을 대할 수 있었다. 거칠게 파인 그의 두 눈은 정확히 그 앞의 창문 밖을 향하고 있었다. 대문호에 대한 예우였을까, 아마도 미술관에서 가장 좋은 전망이 그의 시선에 걸렸다.

로댕을 만나러 간 곳에서 발자크를 만난 그 날은 두 번째 파리여행 최고의 날이었다. 그토록 좋아하고 존경하는 이를 둘이나 만난 로댕미술관에서 몇 시간을 보낸 것인지. 하루의 3분의 2를 그 공간에서 비워냈

발자크 두상

다. 숙소에서 만나 미술관에 같이 왔던 친구들은 일찌감치 보낸 뒤였다. 로댕에게 미안하지만 이제 로댕미술관 역시 발자크로 기억된다. 그곳에서 로댕의 수많은 뛰어난 작품을 접하고 감탄하고 놀라워했지만, 정원과 창문 앞에서 만났던 발자크의 두 모습은 다른 작품들을 훨씬 뒤로 밀어냈다.

우연한 만남과 재회, 파리는 내게 발자크와의 만남을 통해 선물 같은 순간을 마련해줬다. 이 우연한 인연이 즐겁고 만족스러웠던 건 발자크와 로댕이 내게 익숙한 일상의 인물이어서인지도 모른다. 나는 그들을 직접 만나본 적은 없다. 이미 세상을 떠난 그들이기에 앞으로도 직접 대할 기회는 없겠지만 작품을 통해 오랜 시간 그들을 만나왔다. 그들은 내게 얼마나 다채롭고 역동적인 모습을 보여주었는지. 특히, 책과 함께한 내 삶에서 발자크의 소설 작품은 일상의 한 자리를 꾸준히 차지하고 있었다. 그런 일상의 인물을 굳이 집을 멀리 떠나온 파리에서 만난다는 건 새로운 일이자 익숙한 일이었다. 일상과 여행이 접합하는 그 지점에 그가 있었다. 나의 집에도, 집을 떠나온 파리에도 그가 있었다. 익숙한 인물이 주는 두근거림이 나를 가득 채웠다. 앞으로 내가 대할 그의 모습은 어떤 것일지. 또 다른 설렘으로 다음 재회를 기대해본다.

카
페

교수님께서는 카페를 추천하셨다. 대학 시절 '프랑스 문화와 예술'이란 교양수업을 강의하시던 불어불문학과 교수님께서는 수강생들에게 파리에서 꼭 해볼 것으로 '카페에 가기'를 권하셨다.

"프랑스에 가보면 무엇이 하고 싶나요? 에펠탑을 보거나 박물관이나 미술관에 가고 싶을 겁니다. 프랑스 요리도 먹어보고 싶겠죠. 그런데 내가 추천하고 싶은 건 무엇보다 먼저 카페에 가보라는 것입니다. 어느 카페든 좋습니다. 하지만 반드시 야외 테이블에 앉아야 합니다. 테이블에 앉아 지나가는 파리 사람들과 분위기, 풍경을 보고 느껴보세요. 그들의 대화에 귀 기울여 보고 삶의 방식을 눈여겨보세요. 아마 프랑스를 이해하는 가장 좋은 방법일 겁니다."

한국인과 프랑스인은 비슷한 점이 꽤 많다. 카페를 좋아하고, 말이 많

고, 흥이 낮다. 수다스럽고 의견 나누기를 좋아한다. 말이 많은 사람에게는 말을 나누기 위한 공간이 필요한 법이다. 한국과 프랑스 양국 모두 카페문화가 발달했다. 즐기는 방법과 취향에는 분명히 차이가 있다. 그 차이는 크지만, 달리 보면 꼭 그렇지만도 않다. 우리는 보통 실내 카페를 즐긴다. 카페 안의 인테리어와 사랑스러운 소품들, 분위기, 공간에 흐르는 음악이 중요하다. 프랑스인들은 카페 안 보다는 밖을 즐기는 편이다. 카페라는 건물이 있고, 그 건물 안에 점원이 있으며 커피와 각종 차가 있고 의자와 테이블도 있지만, 사람들이 즐기는 것은 거리의 시간과 공기, 느낌이다. 실내에서 상대방을 보고 앉아 이야기를 나누고 함께 시간을 보내는 우리와 다르게, 프랑스인들은 야외 테이블에 앉아 정면의 거리를 바라보며 대화한다.

서로를 보느냐, 함께 같은 곳을 바라보느냐에 따라 카페라는 공간을 소비하는 다른 태도와 취향이 드러난다. 대화 상대에게 집중하느냐,

함께 있는 상황에 관심을 갖느냐에 대한 차이이기도 하다. 다른 태도와 취향 중 어떤 것이 옳다고 할 수도 정답일 수도 없다. 그저 그런 차이가 존재한다는 것이다. 공통점은 '카페'라는 공간이다.

카페는 내게 일상의 공간이다. 책과 커피, 차. 좋아하는 것들이 있는 공간이라 카페에 가는 것을 무척 즐긴다. 오죽하면 '카페쟁이'라는 별명도 붙었다. 분위기 있는 음악과 조명, 모르는 이들과 같은 공간을 즐긴다는 묘한 동류애를 느끼며, 타인의 소음이 있는 카페에서 친구를 만나고 차를 마시고 식사하고, 원고 작업을 하고, 많은 시간 멍 때리기도 한다. 카페는 내게 휴식처이자 놀이터이며 일터이기도 하다.

게으름을 떨치는 수단으로 카페를 이용하기도 하는데, 잘 풀리지 않는 일감, 원고를 갖고 카페에 가면 때때로 좋은 아이디어나 스토리가 불현듯 떠오르기도 한다. 어떨 땐 카페에 있는 내내 할 일은 손도 안 대고 시간을 허비하기만 했는데도, 그저 집에서 나와 카페에서 무언가를 시도했다는 것만으로 묘한 성취감을 느끼기도 한다.

서울에서는 벽을 등지고 앉는 실내 구석진 자리를 좋아했는데, 파리에서는 거리를 눈앞에 둔 볕 잘 드는 테이블 자리를 좋아하니, 환경에 따라 사람의 취향도 어느 정도 달라질 수 있나 보다. 생제르맹 데 프레 성당 앞에는 유서 깊고 유명한 카페가 몇 곳 있다. 사르트르, 까뮈, 시몬 드 보부아르, 쌩텍쥐페리 등 당대의 지성인, 문인들이 즐겼던 카페들. 인문학도라면 학문적 대선배(그들은 날 모르지만 내 마음대로 생각하는 바)인 그들의 흔적을 따라 가고 싶겠지만, 그게 쉽지 않다. 생제르맹 데 프레 성당과 마주하고 있는 카페 레 되 마고Café Les Deux Magots, 사르트르와

보부아르가 즐겨 가던 카페 드 플로르^{Café de Flore}, 맥주홀이란 의미를 갖는 카페 브라스리^{Café Brasserie} 등 매력적인 카페가 많아 갈 곳을 정하는 건 쉬운 일이 아니다.

19세기와 20세기 프랑스 지성과 문화의 중심 역할을 했던 카페 레 되 마고로 어렵게 걸음을 정했다. 교수님 말씀처럼 거리로 난 야외 테이블에 자리를 잡고 앉아 커피를 주문했다. 얼음을 즐기는 것은 유럽 문화가 아니라지만, 나는 얼음을 즐기는 동양인이니 얼음을 가득 채운 아이스커피를 주문했다. 화장실에 가려고 들어간 카페 실내는 1915년경 옛 모습을 그대로 간직하고 있는 듯하다. 꼬불꼬불한 계단과 낡은 실내 장식들이 정겹다. 그럼에도 멋스런 카페 실내를 즐기는 손님은 많지 않다. 카페 손님 4분의 3이 야외 테이블을 즐기고 있었다.

자리로 돌아와 내가 가장 하고 싶던 걸 한다. 책을 읽고 싶지도, 글을 끄적이거나 음악을 듣고 싶지도 않다. 가장 하고 싶은 건 멍 때리기다. 거리에 시선을 두고 머리를 비운다. 눈길 가는 대로, 맘 가는 대로 편히 둔다. 나를 둘러싼 공간과 시간이 온전히 내 안에 들어온다. 이대로 놔두고 즐겨도 좋다. 그저 그렇게. 일상과 여행의 공간에 나를 놓아둔다.

레 되 마고를 찾은 며칠 뒤, 나는 생 샤펠 성당 앞, 처마에서 빗방울이 뚝뚝 떨어지는 카페 안에 있었다. 아침에 베르사유에 같이 가기로 한 친구는 아직 오지 않고 있었다. 런던의 축축한 숙소에서 알게 된 친구는 런던여행 첫날 휴대폰을 잃어버려, 그에게는 문자도 전화도 할 수 없었다. 지난 밤 늦게 이메일로 생 샤펠 성당 앞에서 10시에 보자고 했는데, 읽지 못했던 건지.

성당과 콩시에르주리, 경시청 앞을 왔다갔다 하는 나를 경찰이 조금 이상하게 보는 것 같다. 괜히 두려운 마음이 드는 찰나, 비까지 온다. 비도 피하고 이른 점심을 먹으며 친구를 기다리고자 생 샤펠 성당 근처 카페로 들어갔다. 친구가 기다릴까 걱정되어 일찍 나오느라 아침식사도 못 먹고 나온 참이었다. 투명 천이 드리워진 야외 테이블에 자리를 잡고 브런치 메뉴를 주문했다.

식사하며 잠도 좀 깨고, 친구 기다리며 기운도 차려봐야지. 아침잠이 유난히 많은 나이지만, 여행만 하면 새벽같이 일어나고 밤늦게야 잠이 드는 편이다. 친구 볼 생각에 유난을 좀 떨었더니 정신도 기운도 없었다. 혼자서 호젓하게 즐기는 시간이 반갑고 좋다. 비 오는 풍경을 앞에 두고 따끈한 커피를 즐기는 시간은 무척 여유롭고 행복하다. 바게트에 잼과 버터를 듬뿍 발라 든든하게 먹었다. 주스와 카푸치노를 번갈아 마시고 작은 크루아상도 먹었다. 친절하고 잘 생긴 웨이터에게 부탁해 사진도 한 장 찍었다.

식사를 다 하도록, 비 오는 거리에 친구 모습은 보이질 않았다. 아무래도 무슨 사정이 생겼거나 길이 엇갈린 것 같다. 친구는 오지 않고, 싫어하는 비까지 내리는 아침이다. 그런데도 그 아침이 참 좋았다. 편안했다. 미안하게도 친구가 오지 않았으면 싶었다. 나는 나와 함께였다. 나하고만 즐기는 아침, 이상스럽게도 서울에서 즐기던 카페처럼 낯선 파리의 카페가 편안했다.

익숙함과 낯선 것은 다른 얼굴이 아니었던가. 낯선 공간에서 일상에서의 익숙함이 느껴졌다. 아마도 나와 함께여서 그랬을 거다. 나의 일상

과 여행에 늘 함께인 '나'라는 존재 덕분에 채 한 시간을 머무르지 않
은 낯선 공간은 편안했고 즐거웠다. 카페라는 공간이 늘 그래왔듯이.
어쩌면 공간을 정하는 느낌은 공간을 채우는 사람에게 달려있는지도
모른다. 그렇다면 나는 나와 함께라면 언제나 자유로이 일상과 여행을
오갈 수 있을 거다.

세상의 기원과
마리안느

　　쿠르베와 마리안느를 보기 위해 그곳에 갔나 보다. 센 강 좌
안에 자리한 오르세 미술관에 간 것은 해가 뉘엿뉘엇 질 때였다. 로댕
미술관에서 하루를 거의 통째로 보내고 온 뒤였다. 나는 일정에 고르
게 시간과 정성을 들이는 사람이 아니라, 선호도에 따라 머물 시간을
정하는 여행자니까.

오르세 미술관을 처음 경험한 건 센 강 유람선 위에서였다. 과거 기차
역이었던 독특한 외관이 주는 감흥은 특별했다. 특히 나처럼 기차와
기차역, 기찻길에 깊은 애정을 가진 사람이라면 그곳을 더 특별하게
느낄 수밖에 없다. 후에 경험한 내부는 길쭉한 구조에 천장의 대부분
을 차지한 넓은 유리창을 통해 기차역의 모습을 고스란히 간직하고 있
었다. 그곳에는 19세기 작품들이 주로 전시되어 있고, 회화 작품이 큰

비중을 차지하고 있었다. 물론 조각과 장식미술품, 가구, 사진 작품도 많이 전시되어 있다. 오르세에서는 한 시간 반 정도, 길게 잡아야 두 시간 남짓한 시간이 주어졌다. 아까운 이 시간을 잘 보내기 위해 선택해야 했다. 과감하게 선별적 관람을 하기로 했다.

오르세에서 내가 가장 눈여겨본 두 가지는 구스타브 쿠르베^{Gustave} Courbet의 작품 〈세상의 기원L'Origine du Monde〉과 프랑스 공화정을 상징하는 '마리안느Marianne' 였다. '프랑스 문화와 예술'은 대학의 오래된 인기 교양 강의였다. 교수님께서 "이 작품은 워낙 파격적인 작품이니 1초만 보여주겠어요. 하지만 언급하지 않을 수 없는 중요한 작품이니 더 보고 싶은 학생은 각자 찾아보도록 해요" 하며 보여주셨던 작품이 〈세상의 기원〉이었다. 여체의 음부를 확대한 양 그 부분만 적나라하고 세밀하게 그려 강조한 작품은 파격을 넘어 충격이었다! 학생들 모두 말을 잃었었다.

그 작품을 실물로 접했다. 쿠르베는 이상적이고 공상적인 회화에 반격을 들어, 현실을 솔직하게 관찰하고 표현했던 프랑스 화가다. 현재는 사실주의(리얼리즘)의 선구적인 작가로 인정받고 있지만, 당대에 그의 작품은 지나치게 사실적이고 파격적이라 쉽게 받아들여지지 않았다. 그러니 〈세상의 기원〉이 몰고 온 파장은 말도 못했다. 파리 만국박람회에 출품된 이 작품은 심사가 거부되었다. 후에 이 작품은 너무나 어울리는 인물에게 가게 되는데, 바로 정신분석학자 라캉이다. 〈세상의 기원〉은 라캉 사후에 오르세 미술관에 머물게 된다.

오르세 미술관에서의 또 다른 수확은 마리안느를 몇 점이나 접할 수 있었다는 것이다. 마리안느는 프랑스 공화정과 자유, 평등, 박애의 프랑스 혁명 정신을 복합적으로 표상하는 여성상이다. 그녀를 처음 만난 건 전공 강의인 프랑스사 수업 때였다. 마리안느라는 여성상이 이미지화된 것은 1830년 들라크루아가 그린 〈민중을 이끄는 자유의 여신〉이 시작이었다. 긴 총과 삼색기를 들고 혁명을 이끈 전쟁의 여신은 마리안느의 이미지를 만들어냈고, 1848년엔 프랑스의 상징적인 여성상으로 공포되며 마리안느라는 이름을 갖게 됐다. 마리안느는 프랑스에서 가장 흔하고 대중적인 여성 이름이다. 프랑스인들은 그들이 쟁취하고 일궈낸 공화정에 가장 친숙한 여성의 이름을 부여했다. 프랑스 공화정에 대한 프랑스인들의 감정은 이처럼 친숙함과 사랑의 형태를 하고 있다. 이후 마리안느는 전국 3만 6,000여 개 도시의 시청 입구마다 자리하게 된다.

알고 보면 마리안느는 우리에게도 익숙하다. 잘 알려진 미국의 자유의 여신상은 1886년 프랑스가 미국에 기증한 것으로, 마리안느의 한 모습이기 때문이다. 파리에는 미국 자유의 여신상보다 작은 원조(?) 자유의 여신상이 있다. 최초의 마리안느는 18세기 혁명 보닛을 쓴 서민 여성으로 시작되었고, 이후 마리안느는 시대와 취향, 유행에 따라 변화를 거듭했다. 때로 마리안느는 여배우 브리지트 바르도나 카트린 드뇌브 같은 프랑스에서 사랑받고 인기 있는 인물이 되기도 했다.

오르세 미술관에서 내가 집중했던 작품들은 매우 '표상'적이었다. 〈세상의 기원〉은 여체의 부분화를 통해 인간 삶의 기원을 표상했고, 마리안느는 가장 프랑스적인 이름과 모습의 여성으로 프랑스 공화정을 표상했다. 책과 강의를 통해 많이 접해왔던 두 표상과 이를 반영한 작품들을 손에 잡힐 듯 가까운 거리에서 직접 눈앞에 대하니 묘한 감정이 일었다. 알아왔던 것을 확인하는 데서 느끼는 즐거움과 성취감. 오르세에서 머문 시간은 길지 않았다. 그런데도 아쉽지 않았던 건 로댕의 작품들과 쿠르베, 마리안느와의 만남으로 단 몇 시간이 충분히 알찼기 때문이다.

처음 만난 오르세는 내게 몇 가지 지점으로 다가왔다. 그 지점들은 매우 역사적이고 미적인 표상들이었다. 내 관심사나 이전에 내가 배워온 것들을 반영하는 지점들이기도 했다. 현재 내가 알고 있고, 느끼는 것을 통해 예술 작품을 감상했던 거다. 작품을 감상하는 데 있어 그 작품의 예술적 아름다움이나 역사적 가치만큼, 감상자의 과거와 현재도 중요하게 작용한다. 작품을 감상하는 이의 눈에는 그의 과거와 현재가 반영되어 있기 때문이다. 결국, 이러한 감상(여행지에서 대하는 몇 세기 전의 예술작품)은 매우 특수하면서도, 일상적인 것일 수 있다. 나의 일상을 통해 어떤 특수함을 내 안에 연결하고 채우는 것, 오르세에서 내가 느낀 일상과 여행의 지점이다.

배틀,
유사함과
경쟁

　　두 궁전의 모습은 기마시합을 연상시켰다. 경쟁하듯 화려하게 쌓아 올린 두 궁전을 보자면 날렵한 말 위에 올라 역동적으로 움직이며 서로에게 대창을 겨누는 기사들의 배틀을 보는 것만 같았다. 베르사유 궁전에 이어 쉔브룬 궁전에 간 것은 매우 의도적인 여정이었다. 유럽여행을 앞두고 프랑스 파리 근교에 자리한 베르사유와 오스트리아 빈 근교에 있는 쉔브룬을 같은 선상에 두고 일정을 짰다.

파리에서 RER-C 선을 타고 약 30분. 베르사유는 파리에 매우 가까이, 그야말로 근교에 자리하고 있다. 나의 발길은 베르사유 궁^{Château de Versailles}으로 향했다. 베르사유 궁전 방문은 서양사, 미술사, 합스부르크 왕가, 궁전 등 나의 관심을 다분히 반영한 것이었다. 베르사유 역

에 도착해 길을 헤맬 필요는 없었다. 역에서 내린 많은 사람의 발걸음
이 한 방향으로 향하고 있었다. 베르사유 궁이었다. 기차역에서 오른
쪽으로 걸어가다 가로수가 많은 대로를 만났고, 대로를 따라 왼쪽으로
가자 궁이 바로 보였다.

아직 오전, 서두른다고 했는데 궁전 앞에 바글바글한 인파를 보니 일
찍 온 보람도 없이 한참을 기다려야 할 듯했다. 더 일찍 와야 했다. 궁
에 같이 가기로 한 친구와 동선이 엇갈려 못 만나며 시간이 허비된 때
문이기도 했고, 비 내리는 파리의 아침 서정을 느긋이 즐긴 탓도 있었
다. 이미 늦은 걸음을 서두르는데 궁전 앞에 세워진 루이 14세 기마상
위로 먹구름이 잔뜩 깔렸다. 곧 비가 내릴 듯 점점 어두워지는 하늘을
걱정스레 올려보며 궁전 문 앞에 긴 줄을 이룬 사람들 뒤로 한 자리를

더했다. 얼마나 기다렸을까, 소나기가 제대로 퍼붓기 시작했다. 나는 얼른 파리 노트르담 성당 앞에서 쫄딱 비를 맞고 산 핑크색 우비를 꺼냈다. 순간 부러운 눈길이 내게 모였다. 한바탕 퍼부은 하늘이 잠잠해지며 드디어 궁전 안으로 들어갈 수 있었던 건 꽤 시간이 흐른 뒤였다. 비와 오랜 기다림에 지쳤지만, 궁전을 둘러보며 금세 기운을 차렸다. 베르사유 궁 곳곳에 위트가 흘렀다. 묘하게 웃음 짓게 되는 포인트들이 있었다. 첫 눈길이 간 것은 천장에 장식된 현대적인 샹들리에였다. 사방이 거울로 이루어진 그 유명한 '거울의 방'에 있는 거대한 구두 형상, 여왕의 집무실에서 보았던 붉은 천을 씌운 탁자 위에 걸쳐 있던 흰색과 검은색의 바닷가재도 묘한 포인트였다. 바로크 양식의 궁에 더해진 현대적인 조형물들. 고전적인 궁의 분위기와 현대적인 조형물은 묘하게 어울렸고, 뜬금없는 느낌을 주며 어긋나는 구석이 있어 웃음을 자아냈다. 이런 양식적·문화적 불일치가 불협화음을 일으키지 않았던 건 현대적 조형물들이 반영하는 고전적 상징성 때문인 것 같았다.

거울의 방은 궁전 중앙 본관 2층 정면 전체를 차지할 정도로 규모가 큰 회랑이다. 그 규모와 아름다움에 걸맞게 연회장이나 결혼식장, 귀빈 접견실 등 궁에서도 화려하고 귀한 공간으로 기능했다. 더구나 지금처럼 유리가 흔하지 않던 그 시대에 대형 유리로 장식된 공간은 루이 14세의 위용을 매우 직접적이고 시각적으로 보여주는 것이었다. 거울의 방에는 대형 거울이 17개나 설치돼 있는데, 거울에 거울이 비치고 그 비친 거울에 다시 거울이 비쳐, 실제보다 더 많은 거울이 설치된 것처럼 보인다. 거기에 크리스탈 샹들리에와 화려한 장식과 부조 등이 더해져 회랑이 주는 시각적인 충격이란 기대 이상이다.

루이 14세의 부와 권력을 상징하는 거울의 방에서 보았던 현대적인 조형물인 대형 구두(하이힐) 역시 루이 14세를 상징하는 것이라고 볼 수 있다. 구두 조형물은 은색의 금속성 재질에 매우 반짝이고 높고 크며 화려했다. 하이힐은 단신이었던 루이 14세가 자신의 키를 보완하고, 자신을 귀족들에게 권위 있는 모습으로 형상화하기 위해 신었던 것이기도 하다. 루이 14세의 권력과 부를 상징하는 공간에 역시 그를 형상화하는 데 기능했던 하이힐이라니 얼마나 유머러스한 매칭인지.

여왕의 집무실에서도 이런 현대적 조형물을 볼 수 있었다. 방 한가운데 걸린 아름답고 화려한 카펫과 그 오른쪽으로 걸려 있는 마리 앙투아네트와 왕자, 공주가 함께한 초상화 아래 붉은 천을 씌운 탁자 위에는 흰색과 검은색의 대형 바닷가재 조형물이 걸쳐 있었는데, 그 모습은 마치 식사하는 것처럼 보였다. 왕실 가족 초상화 아래 바닷가재의 모습이 어찌나 우습던지. 절대왕정에 대한 노골적인 회화화를 보여주고 있는 것만 같았다. 이처럼 베르사유 궁전은 유머러스하고 비유적인 잔재미가 더해진 공간이었다.

베르사유 궁전은 파리 생활에 염증을 느낀 루이 13세가 파리 근교로 거처를 옮기며, 프랑스 왕실의 궁으로 기능했다. 반복되는 생활에 싫증을 느끼는 건 누구에게나 가능한 일이지만, 그 주체가 한 나라의 왕이었기에, 보다 크고 심각한 문제를 야기했다. 왕이 지루했던 대상은 민중이었고, 민중에게 등 돌린 왕의 마지막이 아름다울 수는 없는 법이었다. 1682년부터 프랑스 대혁명이 야기된 1789년까지 왕가의 사람들이 살던 이곳은 절대왕정의 무책임과 부패, 문란함의 상징이 되었다. 왕정의 부패는 한 여성으로 아이콘화되는데, 바로 마리 앙투아네트다. "빵이 없으면 케이크를 먹어라"는 너무나 유명한 말은 사실 그녀가 했던 말이 아니라고 한다. 마리 앙투아네트는 알려진 것처럼 멍청하고 악한 사람은 아니었다고 한다.

잘못 알려진 그 말의 임팩트가 워낙 크다 보니 여기저기 쓰이고 반복되며 확대 · 재생산되었다. 한 나라 최고 통치자의 아내이자 정치적 파트너, 국모로서는 순진함도 악덕이 될 수 있었다. 아무튼 그녀는 당대 프랑스에서도 악랄한 마녀이자 요녀로 공격받으며 당시 귀족과 왕족의 사치와 악정을 대표하는 아이콘이 되었다. 이처럼 역사란 때때로 슬프고 불행한 얼굴을 할 수 있지만, 궁전 곳곳을 둘러보니 지금의 프랑스인들은 절대왕정의 위엄과 불행이 공존했던 공간을 이 시대의 느낌과 위트로 풀어내고 있다는 걸 알게 되었다. 역사에 매몰되지 않은 그들의 해석과 재창조가 흥미로웠다.

두 궁전으로의 의도적인 여행에서 공간의 유사함이 날씨로도 이어진 것인지, 여행 날씨 운이 유별나게 좋은 여행자인 나는 베르사유에서처럼 쉔브룬에서도 비를 만났다. 파리 노트르담 성당 앞 상점에서 산 핑크색 우비를 입고 두 궁전에 차례차례 갔던 건 재미있는 우연이었다. 베네치아에서 야간열차를 타고 비 내리는 빈에 도착했다. 짐만 숙소에 부려두고 빈 근교에 자리한 쉔브룬 궁으로 가는 버스를 탔는데, 가는 내내 비가 내렸다.

쉔브룬 궁Schloss Schonbrunn은 규모나 양식 면에서 베르사유 궁에 비견되는 곳이다. 두 궁전의 모습이나 이미지는 매우 유사하다. 쉔브룬 궁은 오스트리아 황제 궁으로 합스부르크 왕실이 주로 여름에 이용했던 별

궁이다. 이 궁전은 베르사유 궁과 더불어 유럽에서 가장 화려한 궁전 중 하나로 꼽히며, 합스부르크 왕가와 관련된 인연도 있다. 두 궁전 사이에는 한 인물이 자리하고 있는데, 오스트리아의 황녀이자 프랑스의 왕비였던 마리 앙투아네트다. 그녀는 오스트리아 마리아 테레지아 여왕의 딸로, 프랑스의 루이 16세와 결혼했다. 즉, 마리 앙투아네트는 어린 시절을 쉔브룬 궁에서, 결혼 생활을 베르사유 궁에서 보내며 합스부르크 가의 인물로서 두 궁전의 인연을 이어주고 있다.

입구에서 보이는 궁전의 일부 건물들만으로도 이 궁전의 규모가 얼마나 대단한지 알 수 있었다. 쉔브룬 궁은 화려함이 대표적인 특징인 로코코 양식의 궁전으로, 궁 내부에는 찬란하기 그지없는 황실의 유품이 남아있지만, 사진 촬영이 금지된 까닭에 눈으로 담을 수밖에 없었다. 쉔브룬과 베르사유의 경쟁 구도는 외관에서부터 시작되어, 궁 안의 모습들로 본격화된다. 외관이 배틀의 첫 대결이라면, 내부는 이어지는 현란한 스킬의 자랑판 같다.

쉔브룬 궁 내부 관람을 마치고 궁전만큼이나 유명한 정원을 거닐었다. 정원의 규모와 아름다움도 궁전에 모자람이 없었다. 궁전 좌측에서 시작되는 정원에는 정확하게 구획되어 정돈된 화사한 꽃들과 푸릇한 잔디가 자리하고 있었고, 독특한 외관의 철제 식물원도 보였다. 크고 작은 분수와 연못, 호수도 이어졌고 일정한 간격을 두고 짜임새 있게 세워진 석상도 보였다. 베르사유 궁전 정원에서 보았던 석상들이 왕가의 패션쇼 무대에 선 모델들과 같은 인상을 주었다면, 쉔브룬 궁전 정원의 석상들에서는 황실의 수호신과 같은 느낌이 들었다.

오전부터 늦은 오후까지 하루의 대부분 동안 나를 붙들어 놓았던, 합스부르크 황실의 자취와 역사가 자리한 두 궁전은 철저히 기획된 공간이었다. 그만큼 정제미와 인공미가 느껴지는 곳이기도 하다.

우리 시대는 인공적인 것이 너무나 많아, 자연스러움이 인공적인 것에 비해 높이 평가되고 있지만, 두 공간의 정제되고 인공적인 아름다움은 절대왕정의 권위와 그 권위 아래 억압받았던 백성, 일부를 위한 다수의 희생을 표상적으로 보여주고 있었다. 두 궁전의 배틀을 보며 찬란하고 또렷하게 드러난 아름다움과 그 이면의 굴절된 역사의 대비가 아이러니하게 느껴졌다.

대영박물관
아닌!

우리 주변에는 아직도 제국주의의 잔재가 많이 남아 있다. '대영박물관'이라는 서구 중심적이고 사대적인 표현도 그런 잔재 중 하나다. 심지어 원어 British Museum 그 어디에서도 '대大'라는 표면적 의미를 찾을 수 없다. 제국의 약탈을 경험한 나라에서 굳이 원어에도 없는 표현을 고유명사화한 건 명백하게도 우스운 잘못일 것이다.

대영박물관 아닌, 영국박물관은 1759년에 의사이자 박물학자인 한스 슬론 경의 수집품과 왕실의 소장품을 모아 전시한 데서 시작되었다. 파리 루브르 박물관, 바티칸 박물관과 함께 유럽 3대 박물관의 하나로 꼽히고, 파리 루브르 박물관과 뉴욕 메트로폴리탄 박물관과 더불어 세계 3대 박물관으로도 유명한데, 박물관의 기준을 어디에 두느냐에 따라 이런 순위는 달라질 수 있다고 생각한다. 박물관의 규모나 위상 면

에서 세계적인 것만큼은 사실이다. 그럼에도 이 박물관에 대한 인상이 마냥 긍정적이지만은 않은 것은 유물을 수집한 경로와 관련 있다.

영국박물관의 유물은 영국이 세계 곳곳에 식민지를 갖고 있던 시기에 각지에서 약탈한 전리품을 모아 놓은 것이 대부분이다. 그러니 정작 이 박물관에는 영국의 유물보다 다른 나라의 유물이 훨씬 많이 전시되어 있는 것이다. 심지어 박물관의 외관마저 고대 그리스의 파르테논 신전 모습을 본뜬 것이고 보면, 박물관 이름을 바꿔야 되는 게 아닌가 싶을 정도다. 외관은 고대 그리스 신전이지만 내부는 2000년 밀레니엄 프로젝트로 새롭게 단장해 유리와 철골로 이루어진 특이한 천장이 있다. 내부에는 90개가 넘는 전시실이 있어, 시간이 빠듯한 여행자라면 모든 전시실을 한번에 둘러볼 생각은 버리는 게 현명하다. 관심 있는 전시실을 중심으로 선택적으로 관람한다면 유익하고 만족스러운 관람을 할 수 있다.

소위 약탈관으로 알려진 전시실들을 둘러보며 마음이 너무나 불편했지만, 쉽게 접할 수 없는 유물을 보는 기쁨과 즐거움도 매우 컸다. 양가적인 감정에 마음이 복잡해져, 독서실Reading Room에서 잠시 심신의 안정을 찾기도 했다. 독서실은 높은 천장까지 가득 꽂힌 책들이 안정감을 주어, 버지니아 울프, 조지 오웰, 디킨스, 예이츠, 마르크스 등이 즐겨 찾던 곳이기도 하다. 독서실에는 서적 외에 다른 나라에서 약탈했을 법한 유물이 꽤 많이 전시되어 있었다. 어딘가에서 약탈했을 법한 유물들이 곱게 보이지 않았지만, 미술작품과 책이 함께하는 서재 같은 느낌의 구성 방식은 상당히 마음에 들었다. 유물을 보존하는 방식, 전

시하는 방식과 구성에서 수준 높은 전시기획력을 엿볼 수 있었다.

제국과 열강의 이름을 가졌던 나라가 분명 영국만이 아닌데, 유독 영
국에 불편한 마음이 생기는 것은 영국이 가진 제국주의 선발주자의 이
미지가 강해서일까. 이 또한 개인적인 선입관일 수 있겠지만, 그런 느
낌을 쉽게 거두기는 어렵다. 해가 지지 않는 나라, 영국이 제3세계(제3
세계라는 표현 역시 서구 중심적인 용어이지만, 이를 대체할 표현이 마땅치 않다)
를 침략해 약탈한 것들로 마련한 공간에서 영국 입장에서 사고할 이유
도, 필요도 없지 않을까.

공

간

읽

기

　내가 경험한 많은 곳은, 언뜻 그리 많은 걸 담고 있지 않은 듯 보이기도 한다. '공간'은 일상과 여행, 삶에 있어 많은 부분을 차지하고 있다. 밖으로 드러난 의미가 커 보이지 않는 곳에서 그 의미를 읽어내는 것은 가치 있는 일이다. 공간을 읽는 것, 공간의 의미를 찾는 거다.

　바르셀로나 까사 밀라 1층 가우디 기념품점은 한동안 내 눈길과 발길을 붙잡았던 곳이다. 박물관이나 유적지에는 기념품 코너가 있기 마련이고, 관람객은 관람 후 느낀 감흥을 유지하고 뭔가 추억에 남기기 위해 기념품 코너에 들른다. 가우디의 작품이 워낙 개성 있고 인상이 강해서 그런지, 기념품점에는 그의 작품에서 모티프를 취한 흥미로운 기

217

념품이 꽤 많았다. 그 덕분에 난 스페인여행 당시 경비가 넉넉지 않았는데도 팔찌며 엽서, 달력 등 기념이 될 만한 상품을 몇 개나 구입했다. 부족한 여행경비를 펑펑 쓴다는 죄책감은 기념품이 단순한 제품 그 이상의 의미를 갖는다는 생각으로 눌렀다. 특정 장소의 기념품이 가진 이미지나 분위기 덕분에 그 공간이 갖는 의미가 재해석될 수도 있기 때문이다.

또 다른 인상적인 기념품 상점을 잘츠부르크 신시가지에서 구시가지로 가는 길목에서 만났다. 잘츠부르크는 머리 위로 전차선이 마구 얽혀 있는데도, 워낙 작은 도시라 교통이 어수선하지 않고 차량도 그다지 많지 않아 보행자가 거닐기 즐거운 곳이다. 기분 좋게 걸으며 잘자흐 강에 도착했다. 수심이 깊어 보이지도, 강폭이 넓어 보이지도 않았다. 하지만 유람선이 꾸준히 많이 다니는 걸 보니 그 강을 즐기는 이가 많은 게 분명했다. 강을 건너 구시가에 도착했다.

신시가지는 하얀 건물이 많아 깨끗하고 화사한 느낌을 주는 반면, 구시가지는 페인트칠이 벗겨지거나 군데군데 얼룩진 건물이 많아 빈티지한 매력이 있었다. 구시가로 가는 길목에 있는 큰 나무문은 구시가지의 중심인 게트라이데 거리와 모차르트가 태어나고 어린 시절을 보낸 그의 생가로 가는 통로다. 문 주변에도 재미있는 게 얼마나 많은지. 자그마한 기념품 상점들이 모여 있는데, 어느 상점 안으로 들어가자 음악의 도시답게 악기 연주하는 인형, 바이올린이나 비올라 등 악기 모양의 기념품이 눈에 띄었다.

미니 바이올린을 기념품으로 사고, 다시 큰 나무문으로 갔다. 문 안으

로 들어서자 양쪽에 예쁜 꽃집이 자리하고 있고 정면에는 샛노란 건물이 보였다. 모차르트 생가다. 오스트리아가 낳은 천재 음악가 볼프강 아마데우스 모차르트(1756~1791)가 나고 자란 곳이다. 모차르트가 태어나 1773년까지 살았다고 하니, 어린 시절 꽤 많은 시간을 보낸 곳이다. 모차르트는 부유한 집안 출신이 아니다. 그래서 그의 재능은 순회공연으로 이어졌다. 유럽 순회공연이 그에게 음악적으로 도움이 되지 않았다고 단정하기는 어렵지만, 작고 어린 천재의 소중한 재능과 시간이 낭비된 측면이 있을 거다. 안쓰러운 마음을 안고 생가 안으로 들어갔다.

기념할 만한 인물의 가옥과 그를 기리는 박물관이나 미술관이 같이 있는 경우가 있는데, 참 좋은 전시방법이라고 생각한다. 답사지와 관련 기념품점, 전시실이 가까울수  록 답사 이해도는 더욱 높아질 수 있으니. 모차르트 생가에는 그의 유품(대개는 악기, 친필 메모와 서신으로 보이는 것)과 이 고장의 옛 풍경을 그린 듯한 그림이 전시되어 있었다. 가장 인상적인 유물은 좁고 귀여운 복도를 지나 붉은 돌로 이루어진 통로를 걸어 피아노가 많이 놓인 방에서 볼 수 있었는데, 피아노가 통째로 투명한 보관함에 보존되고 있었다.

모차르트 관련 온라인 검색실을 지나며 익숙한 한국어가 들려왔다. 누군가 모차르트 생가에 대해 볼 게 없고, 괜히 왔다고 투정하고 있었다. 각자의 생각이 다를 수 있지만, 그 공간을 거닐며 그곳에 대한 투정을 육성으로 토로하는 게 좋아 보이지 않았다. 어딘가에 가기 전, 나는 그곳의 의미를 생각하고 가곤 한다. 오랜 시간을 거쳐 온 공간은 그 시대, 당대보다 부족한 모습일 수밖에 없는 게 당연하다.

그럼에도 그 공간의 의미와 자취를 추적하고 새기는 것은 의미 있는 일이다. 이미 세상을 등진 인물의 경우, 생가나 생전 머물렀던 장소, 작

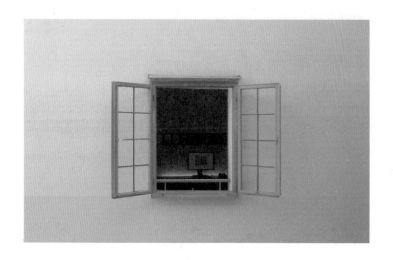

업실을 찾는 데는 단순한 방문 이상의 의미가 있다. 살아온 시간, 시대, 지역 등 여러 이유로 만나지 못했던 인물과 시공간을 넘어 마주할 수 있는 일이기 때문이다. 모차르트 생가에서 나는 매우 즐거운 시간을 가졌다. 누군가가 기대했을 크고 번쩍거리는 볼거리는 없었지만, 모차르트가 많은 시간을 보낸 그곳에 그의 면면이 잘 드러나 있었다. 또한, 그를 기리는 공간으로서 충분히 의미 있었다.

쉽게 보이지 않겠지만, 읽고자 노력한다면 더욱 많은 것을 읽어낼 수 있다. 공간에 의미를 부여하고 되새기는 노력을 기울인다면, 그 공간의 특징과 개성, 중요성을 읽어내는 즐거운 경험을 할 수 있다.

아쉽게도!
카프카

쉽게 이어지는 인연이 있는가 하면, 아쉽게 눈앞에서 놓치거나 닿지 못하는 연도 있다. 몸살 기운과 함께 밤 기차로 도착한 프라하에서 너무도 아쉬운 인연을 경험했다. 많은 이에게 《변신》의 작가로 알려진 카프카를, 나는 미완성 장편들의 매력에 이끌려 가장 좋아하는 작가 중 한 명으로 꼽는다. 동화적인 분위기의 프라하와 미스터리한 스토리와 구성, 열린 결말 등으로 신비로운 느낌을 자아내는 작가 카프카는 많은 부분에서 닮아 있다. 그만큼 카프카는 프라하가 사랑하는 작가이고, 카프카도 프라하를 사랑했을 것이다.

프라하에서 카프카 생가를 가보지 못한 건 두고두고 아쉬움을 남겼다. 제한된 여행일정에 지독한 감기몸살이 그에게로 가는 발목을 붙잡았다. 파리에서 메종 드 발자크, 프랑크푸르트에서 괴테 하우스를 찾았

던 것과는 다른 어긋남이었다.

《심판》《성》《판결》 등 미완의 소설과 유명한 《변신》에서 카프카의 주인공은 언제나 쫓기거나 곤경에 처한다. 이유 모를 부조리와 불안이 주인공을 쫓는데, 주인공을 곤경에 빠트리는 실체는 명확하지 않고 모호하며 감춰져 있다. 카프카와 그의 작품, 그가 그린 인물들은 현실과 매우 동떨어진 듯 보인다. 기괴하고 괴상한 인물과 상황은 현실에서 쉽게 맞닥뜨리기 어려워 보인다. 동화 같은 프라하의 첫인상이 비현실적인 것과 같다. 하지만 카프카와 프라하의 이면은 얼마나 현실 그 자체인지. 카프카의 주인공이 실체를 모르는 것에 이유 없이 쫓기다 불안과 좌절을 경험하는 것처럼, 보통의 사람들은 늘 불안과 좌절을 근처에 두고 산다. 매일 매 순간이 비현실적인 특별함이나 아름다움을 가진다면 그것 역시 행복이 아니겠지만, 많은 이가 그런 걸 바랄 거다.

나 역시 그랬다. 현실적인 현실이란 쉽지 않은 것이니까. 그럼에도 우리는 일상에서 그런 현실을 번번이 마주하고 만다.

카프카의 작품도 그가 사랑한 프라하도 매우 현실적이다. 프라하 신시가의 정돈된 아름다움과 중세의 아기자기함을 간직한 구시가의 이면을 슬쩍 들춰보면, 그 자리에는 타민족·타국가의 오랜 지배와 침략의 역사가 남는다. 프라하가 자리한 체코라는 나라에는 합스부르크 왕가 오스트리아 헝가리 제국의 300년이 넘는 지배, 근대에 들어서는 7년간의 독일의 지배와 이어진 40년간의 소련의 지배, '프라하의 봄'이라 불리는 소련의 침략 등 역사·문화적으로 현실적인 어려움이 점철됐다. 동화 같은 프라하가 어느 공간보다 현실적인 이유다.

그러니 이런 이면을 대하고 보면 카프카와 그의 작품, 프라하를 몽환적인, 현실과는 동떨어진 특징으로 파악하기 어려워진다. 현실과 비현실이 공존하는 프라하에서 내내 꿈결을 헤매는 듯 몽롱했다. 감기약 기운 때문만은 아니었을 거다. 좋아하고 존경하는 작가를 만나지 못했다는 아쉬움, 그의 작품이 가지는 묘한 슬픔, 동화적 공간이 숨겨둔 슬픈 시간 탓에 내내 헤매는 느낌을 받아야만 했다. 나처럼 평범한 인물이 동화적 순간을 현실적 시간으로 인식하는 아픔을 이겨내기 위해, 몽롱함으로 이를 지연시켰는지도 모르겠다.

사람,
기억을
안은 곳

　　이탈리아 여행을 앞두고 가장 가보고 싶었던 곳은 이탈리아 남부 지역이었다. 아기자기한 포지타노Positano 해안 절벽 마을, 시원스레 뚫린 아말피Amalfi 해안도로, 청아한 풍광을 자랑하는 소렌토Sorrento 등 이탈리아 남부가 가진 다채로운 휴양지적 매력도 기대됐지만, 그보다는 나폴리만 부근에 있던 고대도시 폼페이Pompeii 유적이 나를 이끌었다.

폼페이는 서기 79년 8월 24일 정오, 이탈리아 남부 나폴리 연안에 있는 베수비오 화산이 폭발하며 멸망한 도시다. 당시 폼페이는 베수비오 화산의 남동쪽, 사르누스 강 하구에 있는 항구도시였지만, 지금은 내륙이 되었다. 흘러간 역사의 시간만큼 공간에도 큰 변화가 있었다. 작가 소小플리니우스의 기록에 따르면, 베수비오 화산은 거대한 폭발과 함께 검은 구름이 분출하며 분화가 시작됐고, 어마어마한 양의 화산재와 화산암이 인근 도시를 뒤덮었다. 폼페이 시내는 하늘에서 쏟아져내린 2~3cm 두께의 화산분출물에 뒤덮였고, 나폴리 남동부의 번화한 도시 폼페이는 소멸된다.

폼페이는 남부 이탈리아에 있던 번성한 도시국가였다. 그리스의 지배를 받아 헬레니즘 문화의 영향을 많이 받은 곳이기도 하다. 기원전 91년부터 기원전 88년까지 전개된 동맹시전쟁同盟市戰爭 이후 로마의 지배를 받으며 급격히 로마화되었는데, 제정 로마 초기가 이 도시국가의 전성기였다. 로마 상류계급이 폼페이에 별장을 짓고 휴양지로 이용하기도 했다고 하니 당시의 풍요로움을 짐작하기 어렵지 않다. 하지만 그런 풍요로움은 거대 자연 앞에 힘없이 스러졌고, 도시 전체가 화산재 아래 묻혀버리고 말았다. 화산재에 덮인 폼페이는 15세기까지 잊혀진 도시였다가, 16세기 말부터 발굴이 이루어져, 옛 시가의 많은 부분이 발굴되었다. 한창 전성기에 갑작스레 멸망한 도시였고, 로마화가 많은 부분 진행된 곳이라, 그곳의 유적지와 유물에서 당대의 문화와 생활상, 역사를 복원할 수 있었다.

시가지에 자리한 주택과 상점의 집터를 둘러봤다. 잘 닦여진 포장도로의 큰 돌 사이사이에 작고 흰 돌이 박혀 있었다. 작고 흰 돌은 밤길에 어둠을 밝혀주는 기능을 했다니, 고대인들의 지혜가 결코 현대인에 뒤지지 않는 것 같다. 수준 높은 정화기능을 갖추고 있었다는 고대의 하수구도, 붉은 벽돌의 주택가도 인상적이었다. 군데군데 무너져 내렸지만 많은 부분이 온전한 형태로 남아있는 집터가 세월의 흐름을 이겨낸 모습이 대견했다. 이토록 오래 남아있게 만들어낸 폼페이 사람들이 경이롭게 느껴졌다. 벽면에 새겨진 그림으로 어떤 상점이었는지 알 수 있었고, 바닥에 셔터를 달았던 문지방의 모습으로 일반적인 주택과 상점을 구분할 수 있었다. 번지가 남아있는 집터 벽에 가만히 손을 대고, 그 시대 사람들의 온기를 불러내 보았다.

가장 인상적이면서도 마음 아팠던 유물은 '사람'이었다. 베수비오 화산 폭발로 죽어간 사람들의 모습을 보니 얼마나 무섭고 고통스러웠을지 감히 짐작도 안 됐다. 그나마 폭발을 피해 숨어든 곳에서도 살아남지 못했던 불운한 사람들을 생각하니 마음이 아려왔다. 폼페이 인구의 약 10%인 2,000명 정도가 사망했는데, 고온 가스에 질식하거나 뜨거운 열에 타 죽었다고 한다. 그 고통을 후세의 사람이 어찌 상상할 수 있을까. 화산재에 갇히고 굳어서 죽어간 모습을 대하는 것이 미안하고 죄스러웠다. 더운 날씨와 뜨겁게 내리쬐는 햇볕을 피하려 양산을 썼다. 아쉬운 대로 우산을 쓰거나 옷을 뒤집어 쓴 사람들이 보였다. 이 정도 햇볕의 뜨거움도 견디기 어려운데, 그들은 얼마나 고통스러웠을까.

폼페이 유적지를 답사하고 돌아온 얼마 후, 마침 국내에서 관련 전시가 있었다. 거대한 역사가 개별적이고 개인적인 느낌으로 다가왔다. 그만큼 폼페이의 역사와 아픔에 심정적으로 공감했다. 화석화된 유물과 유적이 아닌 내 주변의 인간사를 대하는 느낌이었다. 역사란 이렇게 아픈 모습일 수 있는지. 누군가는 하늘이 환락의 고대도시에 천벌을 내린 거라 하지만. 아무리 그래도 어찌 그런 이유가 그런 지독한 고

통과 아픔, 슬픔과 등가일 수 있겠는가. 세상사에 뚜렷한 이유 없이 주어지는 고통과 슬픔이 반복되는 걸 볼 때마다 인간 존재에 대해 다시 생각하게 된다. 그 존재의 미미함과 나약함이 안쓰럽게 여겨진다.

폼페이는 그런 미미한 '존재'와 그 존재에 대한 '기억'을 안은 곳이다. 존재와 기억이 묻힌 저장고다. 화려한 고대도시의 유적은 많은 답사객에게 노출되어 언뜻 특별한 장소로 인지된다. 과거의 영광에 힘입어 특별함이 배가 되는지도 모르겠다. 게다가 현대인에게 과거인의 생활을 접한다는 것은 특별한 경험으로 느껴진다. 그러나 폼페이 역사와 폼페이인들의 자취를 깊숙이 대하고 보면, 그 공간이 안고 있는 것은 '사람이라는 존재의 일상과 기억'임을 알 수 있다.

보통의 일상이었을 그날, 멈춰버린 시간에 폼페이의 일상이 담겨 있다. 역사와 흔적이 남아 있다. 사람과 기억이 안겨 있다. 멀리 한국에서 거리와 시공간을 초월해 무언가 특별한 흔적을 찾아갔던 내가 마주한 건, 결국 나와 같은 평범한 존재의 일상과 기억이었다. 나와 다른 무엇을 찾아 떠났지만, 결국은 나와 같은 사람과 사람의 기억을 발견했던 옛 도시의 터전에는 무심한 햇볕이 내리쬐고 있었다.

축
제

축제는 삶을 담고 있다. 삶의 일상성과 특수성을 모두 담고 있다. 화려한 퍼레이드와 길가에 즐비한 노점상, 떠들썩하고 즐거운 분위기는 언뜻 축제를 특별한 것이라고 여기게 할 수 있지만, 축제는 인간의 본능적인 사고와 생활방식, 욕망이 분출되는 장이다.

교토의 여정은 축제를 즐기며 시작됐다. 교토대학과 담 하나를 사이에 둔 요시다 신사에서 열리는 세츠분 마츠리를 구경하러 갔다. 세츠분 마츠리는 액신을 쫓는 일본 전통축제로, 요시다 신사에서는 2월 2일부터 4일까지 열린다. 2월 3일, 운 좋게 축제 기간에 교토에 갔다. 신사가 자리한 곳은 대학 근처라서 원래는 조용한 곳이라고 하는데, 축제의 날인만큼 동네 입구에서부터 사람으로 바글바글했다. 입구에서 신사까지 쭉 이어지는 길 양쪽으로는 미각과 시각을 강하게 자극하는 맛난 음식을 파는 노점상이 즐비했다.

먹을 게 너무 많아 뭘 먹어야 할지 고르며 심각한 선택장애를 경험했다. 동료들과 함께 단체 기념사진 한 장 달랑 담고서, 공격적인 모드로 먹거리로 향했다. 딸기 모찌가 맨 먼저 발길을 잡았다. 전병 위에 각종 채소와 가쓰오부시, 달걀 등을 차례차례 올려서 큼직하게 철판에 구워 낸 코리야끼, 동그란 타꼬야끼와 오동통한 면발의 야키소바 등을 시원한 맥주와 함께 신나게 맛봤다.

노점상을 돌며 든든하게 요기하고 나서, 그제야 요시다 신사에 가보기로 했다. 신사로 가는 길은 계단으로 이어져 있었는데, 계단 양쪽의 가로등이 운치 있고 호젓한 느낌을 자아냈다. 계단을 올라 가장 먼저 본 것은 크고 높은 원통이었다. 커다란 원통 바깥에는 종이 달려 바람이 불 때마다 딸랑딸랑 소리를 냈고, 사람들이 원통 안에 뭔가를 꾸역꾸역 넣고 있었다. 아마 소원을 적은 종이를 넣고, 나중에 원통을 통째로 태우며 많은 소원을 신에게 빌고자 하는 것 같았다.

음력설이 지난 지 얼마 안 되어, 신사 곳곳에는 새해 소원을 비는 부적을 판매하는 곳이나 한 해 운세를 봐주며 복을 빌어주는 곳이 많았다. 우리 일행도 하얗고 붉은 깃발이 많이 꽂힌 곳으로 갔다. 기도하는 사람들이 있었고, 사람들이 기도를 마치면 어떤 사람이 차를 한 잔씩 나누어 주었다. 기도를 마친 많은 사람들이 붉은 탁자로 만든 임시 다실, 간이 의자에 앉아 추운 밤기운을 따뜻한 차로 녹여내고 있었다. 나도 차를 한잔 얻어 사람들 사이에 앉아 호호 뜨거운 기운을 불어가며 마시고 주변을 둘러봤다.

할머니, 할아버지, 중학생으로 보이는 아이들, 내 또래의 청년들 등 그야말로 인간 군상이다. 모인 사람 수만큼이나 다양한 소원, 소망, 욕망이 모여 있을 게 분명했다. 축제라는 이름으로, 새해를 맞이하고 액운을 좇는 매우 개인적인 욕망을 갖고 모인 사람들이었으니 말이다. 축제의 현장이라는 동일한 공간에 있지만, 이들이 빌고 소망하는 소원의 종류도 깊이도 폭도 다를 게 분명했다. 그럼에도 하나같이 향을 피우고 종을 치며 부적을 뽑는 같은 행위를 하고 있었다.

축제란, 한데 모인 사람들의 각기 다른 욕망이 매우 개별적으로 분출되는 장이자, 특별한 것을 기념하기 위해 같은 장소에 모인 이들이 공유하는 문화, 관습, 생활방식, 사고가 실현되는 장이다. 축제에서 사람들이 공유하는 문화와 관습은 오랜 기간 공유되어 온 사고와 의식의 흐름, 생활방식을 반영하는 것이다. 나도 모인 사람 중 하나가 되어 그들처럼 개별적인 욕망을, 그들과 같은 행위로 빌었다. 이것 또한 나의 '특별한 일상'의 일부라 느끼며.

여백과 정적

공간과 소리를 채우지 않고 비워둘 때 여백과 정적의 아름다움을 느낄 수 있다. 교토 료안지龍安寺에서 보고 느낀 바도 그와 같은 것이었다. 빈 공간과 고요를 통해 보이는 것, 들리는 것 이상을 만난 기억이 있다. 료안지는 선종 사찰로, 가레산스이枯山水 정원으로 유명한 곳이다. 가레산스이 정원이란 15세기에 선종 전파를 위해 만든 것으로, 일반적인 정원에서 볼 수 있는 나무나 물 등이 없고, 모래와 흰 자갈, 돌, 이끼 등으로만 이루어진 정원이다.

사찰로 가는 길 왼편으로는 넓은 호수가 있다. 작은 다리 외에 여타의 장식물이 없는 단순한 호수에는 조용히 반영만이 비치고 있을 뿐이다. 작은 돌을 깔아 만든 길과 얇은 나무로 엮어 만든 울타리도 자연스럽다. 비어있고 꾸밈없지만 초라하지 않은 정적인 아름다움이 자리하고

있었다. 사찰 안으로 들어가 조심조심 긴 나무마루를 지나자 돌과 모래만으로 이루어진 정원이 고요히 모습을 드러냈다. 정원 안에는 들어갈 수 없어, 마루에 앉아 다른 여행객들과 함께 정원을 감상했다.

정원 가득 새하얗게 깔린 자갈 위에는 검은 돌 15개뿐. 여백과 고요함을 지닌 정원을 보니, 인적도 소리도 없는 아침 바다 앞에 선 것 같은 느낌이 밀려왔다. 정원을 둘러싼 낮은 담 너머 서 있는 나무들까지 정취를 더해주고 있었다. 15개의 돌은 모양과 크기는 물론, 배치까지 모두 우주를 표현하고 있다고 한다. 정원 어느 곳 어느 각도에서 보더라도 15개 돌을 한눈에 담을 수는 없다. 이는 우주 전체를 불완전한 존재인 인간이 이해하는 것은 불가능하고, 참선을 통해서만 우주의 진리에 다가갈 수 있다는 선종의 가르침을 뜻한다.

정원의 넉넉한 여백은 어느새 심신의 긴장을 풀어주고 머리와 마음을 비워주었다. 꽉 채워지지 않은 공간이 주는 편안함이 스며왔다. 우주

의 진리까지 통달하지는 못했지만 비워진 머리와 마음에는 세상만사를 대하는 넉넉함과 관대함이 순간적으로 스쳐 지나갔다. 이곳을 몇 번 더 방문한다면 아주 다른 사람이 될 것 같다는 생각이 들었다. 반드시 료안지가 아니더라도 공간과 소리가 비워진 곳을 찾는다면 나 자신도 그만큼 비워지고, 비워진 곳에는 편안함이 깃들 것이다.

교토로 오기 며칠 전까지만 해도 여유 없이 바빴었는데, 그 생활과 마음상태가 이상스레 느껴졌다. 뭐가 그리 급하다고 그렇게 살았을까, 진부한 후회를 했다. 마음과 머리에 여유가 없으니 나를 볼 때나 다른 이를 대할 때나 날이 서 있었다. 사람과 삶을 대하는 데 기다려줌이 없었고 관대하지 못했다.

나지막한 바람만 오가는 사찰 안, 간간히 바람이 스치는 풍경소리만 들렸다. 가득 차있던 마음과 머리를 비웠다. 다시 채워질 게 분명하지만 비워진 기억만으로도 가끔 여유와 평온을 얻기에 충분할지 모른다.

낭
만
적

구
조

　　건축은 인간적인 과정이고, 건축물은 인간적인 결과물이다.
사람이 설계하고 지어, 사람이 살며 생활하게 되는 과정과 공간, 모두
인간적이다. 그래서 많은 사람이 건축물에 관심을 갖는 것 아닐까. 자
신이 사는 집, 다른 이가 사는 집에 대한 관심은, 특히 연예인의 집을
찍어 소개하는 방송 프로그램이 끈질기게 이어지고 사랑받는 것으로
도 증명된다. 사람마다 좋아하는 건축학적 포인트는 다르다. 교토여
행에서 나와 동료들의 경우도 그랬다. 동그란 달이 비쳐드는 창, 모래
와 자갈만으로 이루어진 하얀 정원, 건물 뒤 대나무 숲 등 우리는 각기
다른 지점에서 감탄하고 흥미를 느꼈다.
나의 경우, 건축학적 관심의 대상은 회랑이었다. 교토에서 몇몇 건축
물을 접하며 건물과 건물을 연결하는 길고 좁은 복도 같은 공간에 지

붕이 씌워져 있는 구조가 독특하다고 느꼈다. 특히 회랑이 가진 개인적이고 낭만적인 정서가 마음에 들었다. 닌나지仁和寺는 교토에서 가장 흥미로웠던 건축물이다. 회랑으로 이어진 사찰이었으니까. 내가 그동안 쉽게 접해온 사찰 구조는 한 건물에서 다른 건물로 갈 때 신을 신고 가서, 다시 신을 벗고 들어가야 하는 것이었다. 하지만 닌나지는 회랑으로 연결되어 있어, 땅을 밟지 않고 사찰 안 모든 건물에서 건물로 이동할 수 있는 구조로 되어 있다. 회랑과 회랑을 통해 이동할 때마다 모습을 달리하는 사찰의 풍경도 인상적이었다.

오래된 전각과 연못 등 볼거리가 풍부한 사찰, 고다이지高台寺. 고다이지 뒤편 언덕에서도 이런 특이한 건축 구조를 접할 수 있었다. 야트막한 언덕 위까지 흔들다리마냥 아슬아슬하게 연결된 회랑을 한번 걸어보고 싶었는데, 너무 오래되어 그런지 출입을 제한하고 있었다.

고다이지 안에는 작은 초가가 있었는데, 회랑으로 이동하지 않아도 될 작고 아담한 초가에도 회랑이 있는 건, 어떤 필요에 의해서라기 보다는 소담한 낭만을 위한 것이 아닌가 싶었다.

회랑은 건물 간 이동을 편리하게 하는 것 외에, 건축물에 꼭 필요한 것은 아니라는 생각이 든다. 하지만 미적으로 정서적으로 매우 개인적이고 낭만적인 의미를 담은 건축학적 장치인 것 같다. 좁고 긴 회랑을 거닐면, 아늑하게 갇힌 듯한 느낌이 든다. 홀로 호젓하게 회랑을 거닐면, 이 공간이 매우 개별적이고 개인적인 공간이라는 걸 알게 된다. 많은 부분이 목재로 이루어진 사찰에서는 소리의 울림이 많아 방음이 쉽지 않다. 고즈넉한 정취야 더할 바 없이 좋지만, 프라이버시가 보장되거나 개인적 행동과 사유에 편한 장소는 아니지 않을까.

사찰에서 일부라도 제한적·개인적으로 즐길 수 있는, 개별적인 삶이 가능한 공간이 회랑이 아닐까 생각한다. 더구나 완전히 닫힌 공간이 아닌, 일부분 개방된 공간이기에 시야와 사고의 자유로움을 가질 수 있다. 사색을 즐기기 좋을 수밖에 없다. 회랑의 일부는 건축물 안으로 연결되지만, 일부는 밖으로 이어진 양가적인 속성은 안팎, 즉 사찰 내부와 밖의 풍광을 모두 향유할 수 있게 해준다. 그러한 향유에 필연적으로 낭만적 정서와 느낌이 깃드는 건 물론이다. 자신을 위한 시간을 갖고 즐길 수 있다. 사찰을 개인적인 일상의 공간으로 향유할 수 있도록 해주는 회랑을 좋아하는 이유다.

Part 4

—

그렇게, 인연

여행인연이
다시 여행을 부르고

　　　여행인연은 특별하다. 모든 인연이 각기 다른 이유로 소중하지만, 여행인연은 나와 같은 여행의 취향과 관심을 나눈다는 점에서 분명 특별하다. 파리와 로마가 내게 특별히 소중한 곳으로 남은 것도 여행인연 덕분이다.

로마 1

로마의 늦은 밤, 류리스탈을 처음 만났다. 로마에 막 도착해 뺑뺑 돌다 간신히 숙소를 찾은 터라 무척 지쳐 있었다. 방에 짐을 부리고 나오며, 공용 거실 테이블 앞에 앉아 있던 물방울무늬 원피스의 그녀와 처음 만났다. 서양사를 전공하고 프랑스사에 관심이 많던 나와 프랑스어를 전공한 그녀는 여러모로 관심사가 겹쳐 금세 친해졌다. 나는 두 번째 파리여행을 마친 뒤였는데, 그녀는 첫 파리여행을 앞둔 터라 이야깃거리도 많았다. 그렇게 친해진 그녀와 그녀의 일행, 나는 로마의 첫날밤을 시원하고 달콤한 젤라또와 함께 보냈다. 다음 날, 우리는 로마 유적을 둘러볼 계획이었고 자연스레 함께 답사하게 되었다.

책으로만 보고 배웠던 콜로세움, 개선문, 포로 로마노를 두 눈과 두 발로 확인하는 건 즐거운 경험이었다. 그러나 로마의 태양은 쉬운 상대가 아니었다. '더 보고 싶다, 더 거닐고 싶다'는 마음이 자꾸만 잦아들었으니 말이다. 이탈리아의 여름은 우리나라의 여름과 다르게 습도가 낮아 그늘에만 들어가면 더위가 가셨지만, 유적지에는 햇볕이 내리꽂히고 있었고, 그늘도 없어 금방 지쳤다. 아침에 숙소에서 꽁꽁 얼린 얼음물을 세 개나 줬는데, 한 시간도 지나지 않아 미지근한 물로 변해버렸다. 로마의 한낮에 지친 우린 일단 감흥과 환호를 고이 접어 숙소로 피신한 후 늘어지게 몇 시간을 잤을 거다.

그후 로마에서의 여정이 달랐던 우리는 숙소에서만 시간을 나누곤 했다. 로마 이후의 일정도 겹치지 않아 한국에 돌아와서야 재회할 수 있었다. 여행의 인연이 이후의 여행이나 한국에서 줄곧 이어지는 것은 아니다. 여행의 감동과 특별한 시간을 함께했어도 그 특별함이 지나간 후에 서로가 나눌 것이 없다면, 그냥 끝나는 인연도 많다. 류리스탈과는 달랐다. 내가 살고, 그녀가 대학을 다니던 서울에서 우린 자주 만났다. 여행의 반짝임이 지나고, 조금은 빛이 바래졌어도 우린 나눌 이야기가 많았다. 서로가 서로에게 잘 맞은 덕분이다. 서울에서 하루여행을 하거나, 그저 즐거운 만남을 즐기다 또 다른 여행을 계획한 건 알게된 지 2년이 지난 후였다.

대관령 양떼목장과 안목해변 커피거리, 정동진으로 이어지는 강원도 여행이었다. 초여름의 싱그러운 강원도를 함께 만났다. 가까이서 보는 게 처음이었던 양은 생각만큼 깨끗하지 않고 꼬질꼬질했지만 곱슬곱슬한 털과 먹이를 찾아 입을 모으는 모습이 사랑스러웠다. 안목해변을 향해 자리한 카페에서 맛본 커피는 향이 그윽했고, 정동진의 폐철로와 폐열차는 낭만적인 바닷가에 더욱 깊은 낭만을 더했다. 여행의 작은 부분에도 그저 즐거웠고, 밀려드는 파도와 바람 한 조각에도 웃음이 났다. 류리스탈과 서울에서 하루여행을 많이 해왔지만, 집에서 멀리 떨어진 곳으로의 여행은 두 번째였다. 첫 번째 장거리 여행에서는 비행기를 탔었고 우연히 만났지만, 두 번째 장거리 여행에선 버스를 타고 여행의 처음부터 마지막까지 함께했다는 게 달랐다. 우연한 해외여행, 친근한 하루여행, 국내여행 등 여러 여행의 형태를 같이 할수 있다는 건 그만큼 서로에게 잘 맞는 사람이란 걸 의미했다.

난 여행을 오롯이 즐기길 좋아한다. 그 누군가와 함께하기보다는 여행 자체가 중요한 사람이다. 더구나 여행에는 일정한 시간과 돈이 꽤 들게 마련이라, 나의 여행 느낌과 시간을 되도록 누군가에게 양보하고 희생하고 싶지 않았다. 나홀로 여행을 즐기게 된 이유다. 다른 누군가와 여행의 시작부터 끝까지 함께할 때는 아주 조금이라도 피로감을 느끼곤 했다. 하지만 류리스탈과는 그런 피로와 불편함이 없었고, 그건 우리 둘이 서로를 아주 많이 배려해서거나 어느 한 쪽이 희생했다기보다는, 서로 정말 잘 맞았던 때문이란 생각이 든다. 그녀는 나의 지인이었다. 知人, 나를 알아주는 이. 진정한 지인을 우연히 만나는 소중한 경험은 여행이 아니었다면 쉽지 않았을 일이다.

로마 2

7월의 바티칸, 한낮의 더위가 물러가고 하늘에 발그레한 노을이 스미기 시작할 때, 나와 두 친구는 올드 브릿지 젤라또를 맛보고 있었다. 두 친구는 그날 아침 바티칸 정문 앞에서 처음 만난 사이였다. 바티칸 투어를 위해 레오네 성벽 앞에서 두 사람을 만난 날은 월요일. 로마 시내 대부분의 박물관이 휴관이라 갈 곳을 잃은 많은 관광객들이 바티칸으로 몰려 성벽 주변은 붐비고 있었다. 소란함 속에서 투어 팀을 만났는데, 투어 팀이라고 해봤자 가이드와 나를 포함해 셋이었다. 이렇게 작은 규모의 투어 팀은 처음이었는데, 잘 됐다 싶었다. 인원이 너무 많으면 이어폰을 끼더라도 가이드의 설명이 잘 들리지 않고, 우르르 한데 몰려다녀 작품이나 유적을 여유 있게 감상하기 어렵기 때문이다. 아무래도 소음과 대규모 이동으로 다른 관람객에게 피해를 주기 쉬워 민망하기도 하다.

바티칸의 핵심은 바티칸 박물관과 성 베드로 대성당이라고 할 수 있어, 대부분의 투어 프로그램도 그에 맞춰 짜여 있다. 예술 작품에 대한 가이드의 설명이 아무래도 세심하고 전문적이어서 조심스럽게 전공을 물어봤다. 알고 보니 가이드는 한국예술종합학교 대학원에서 서양미술사를 전공한 덕분에 전문적인 예술 지식을 갖추고 있었다. 나는

특히 특정 사물과 표상으로 그림을 그리고 읽어내던 중세의 도상학에
관심이 많은데, 고한나 가이드는 그런 부분에서 나의 궁금증을 많이
해소해주었다. 그녀도 내가 미술사, 도상학, 시대 흐름에 대해 알아듣
는 걸 보며 전공을 물었다. 사학을 전공했다고 하니 역시 그럴 줄 알았
다고 했다. 류리스탈처럼 고 가이드도 전공의 유사함 덕분에 더 빠르
게 친해진 경우였다.

실력 있는 가이드에게 알찬 강의를 들은 의미 있는 하루였다. 고 가이
드는 자세한 설명은 물론 사진 촬영이 가능한 곳에서는 기념사진을 많
이 찍어주었고, 시간 외 가이드를 해주는 등 성심성의껏 투어를 진행
했다. 원래 저녁 5시에 끝나는 투어는 더 많은 것을 자세히 보여주려고
한 그녀 덕분에 7시를 훌쩍 넘겼다. 투어 친구와 나는 너무나 고마워

소소한 고마움의 표시로 젤라또를 대접했다.

바티칸 투어를 진행했던 그녀는 이제 나의 지인이 되었다. 그녀는 로마 업무 일정을 조정하여 한예종에서 예술사 강의를 맡았는데, 그녀가 한국에 올 때마다 짧게라도 만났다. 지금 그녀는 석사 과정을 다시 하고 이어 박사 과정을 공부할 예정으로 로마에 있다. 로마에 언제든 오라는 고마운 초대를 받았는데, 소중한 지인이자 여행인연이 있으니 빠른 시일 내에 로마에 다시 가야겠다. 그녀와 나눌 예술사 이야기, 함께 만들어갈 로마의 시간이 기대된다.

파리 1

처음 경험한 파리에서 만난 여러 인연을 계속 이어가고 있는 건 큰 즐거움이자 행운이다. 파리 숙소에서 말히와 나는 각자 미술과 사학을 전공하는 학생으로 만났다. 시간이 흘러 말히는 한국에 돌아와 전문 일러스트레이터로 자리잡았고, 난 에디터가 되었다.

그런 그녀와 다시 여행한 곳은 안동과 청송이었다. 예전 직장 선배이자 '마음의 거울' 출판사 대표님인 지인이 자신의 본가인 안동 지례예술촌으로 나를 초대하며 동행을 데려와도 된다고 해서 나는 말히와 함께 갔다. 지례예술촌은 숙종조에 대사간을 지낸 지촌 김방걸 선생의 후손들의 300년이 넘는 고택으로, 예술인들을 후원하는 창작 공간이기도 하다. 말히와 나는 그곳에서 1박 2일을 보내며 안동 종가의 가옥과 음식, 문화를 접할 기회를 가졌다. 그리고 다음 날, 진보를 거쳐 청송 주산지 근처를 여행하며 게스트하우스 도미토리에 묵었다. 파리에서 처음 만났을 때와 같은 느낌을 공유하며, 우리는 언젠가 반드시 공

동집필 작업을 하자는 이야기도 하고 파리에서와 닮은 듯 다른 시간을
보냈다.

말히는 처음 파리에서 보았을 때, 그후 한국에서 보았을 때, 함께 안동
과 청송을 여행했을 때 모두 조금씩 다른 모습을 보여주었다. 파리에
서 잠시 잠깐 본 그녀의 모습은 아마도 매우 단편적인 것이었으리라.
시간이 흐르며 여러 공간에서 다양한 모습으로 경험하는 친구의 모습

은 친근하면서도 새로웠다. 말히와 함께 기억하는 파리 숙소 친구로, 깊은 여행을 함께하지는 못했지만 숙소 앞 작은 잔디밭에서 함께 시간을 나누었던 게 인연이 되어 한국에서도 종종 몇 년 터울로 만나는 승지도 있다. 친구들과의 첫 느낌, 그리고 후에 새롭게 발견하게 되는 모습, 변화하는 모습까지 모두 소중하다.

파리 2

처음도 아니고 두 번째, 잠시 살아보기까지 했는데 파리는 여전히 갈 곳도 볼 것도 넘쳐난다. 그래서 파리에서는 유독 발과 눈이 쉼 없이 놀려지곤 했다. 두 번째 파리여행의 마지막 밤, 나는 부지런한 여행 덕에 지쳐 있었고 다음 날 아침 일찍 니스행 열차를 타야 했다. 일찌감치 숙소로 돌아와 저녁식사 후에 쉬엄쉬엄 동네 밤산책이나 할까, 하고 있었다. 그런 내게 며칠 전 숙소에서 알게 된 두 친구, 파리 유학생과 홀로 3개월 여행 중인 친구가 다가왔다. 그들도 파리에서의 마지막 밤이라며, 에펠탑 근처에서 와인이나 마실까 하는데 같이 가겠냐고 물어왔다. 나는 소파에서 튀듯이 일어났다. 런던에서 만났는데 파리 숙소에서 다시 만나게 된 친구도 함께였다.

해가 뉘엿뉘엿 넘어가기 시작하는 에펠탑 앞은 잔디 위에 눕거나 앉아서 휴식을 취하는 사람들, 얼핏 잠든 사람들, 산책하거나 사진 찍는 사람들로 낮보다 밤이 바빠 보였다. 유럽의 여름 해는 길어서 초저녁 같이 느껴졌지만, 어쨌든 밤이 오고 있었다. 내 걱정을 읽었는지 유학생 친구가 자기만 믿으라며, 밤 늦어도 걱정 없다고 했다. 그렇게 말하는 그가 듬직해 긴장이 조금 풀렸다. 다음 날 아침 니스로 떠나는 일정에 대한 걱정도 좀 풀어놓았다.

폭신폭신 웬만한 방석보다 보드라운 잔디 위에 털썩 앉은 우리 넷은 준비해온 음식과 술, 이야기를 풀기 시작했다. 한 친구가 와인을 꺼냈다. 한 병일 리 없었다. 그 친구의 가방 안에는 다른 병들이 가득하니, 술 떨어질 걱정 따위 고이 접었다. 친구는 와인만이 아니라 잔과 치즈 등 안주까지 모두 준비해 왔다. 와인과 안주에 붉게 물드는 하늘과 조명, 하늘의 움직임에 따라 모습을 달리하는 에펠탑이 함께했다. 모두의 얼굴은 발그레해지고, 술과 안주로 향하는 손길은 부지런해졌다. 안주야 넉넉했지만, 별다른 안주가 뭐 그리 필요했을까. 일몰로 물든 에펠탑이 앞에 있는데 무엇이 더 필요할까. 어느 술인들 달지 않을까. 빛을 발하는 에펠 너머로 노을이 점점 넘어가 그 모습을 다 하고, 희미하게 불그레한 노을 위로 군청색 밤이 빛깔을 짙게 하고 있었다. 한층 짙어진 하늘 아래 여유롭고 생기 넘치는 사람들. 밝은 낮에는 잔디 위에서 햇볕이나 쬐던 사람들이 노을을 배경으로 떠들고 춤추며 발랄한 모습을 보여주었다. 여름밤이 주는 흥취와 불 밝힌 에펠탑의 아름다움 때문이리라. 어둠이 좀 더 깊어지면 불 밝힌 에펠탑 위로 조명이 반짝인다. 반짝이는 모습은 내가 가장 좋아하는 에펠탑의 모습은 아니지만, 주변이 어둑한 가운데 홀로 불 밝힌 모습은 퍽 매력적이다. 우리는 반짝반짝 춤추는 것만 같은 조명을 두른 에펠탑을 넋을 잃고 바라보는 사람들 사이로 사진을 담았다.

에펠탑 앞 우리의 시간, 그 시각 그 순간의 즐거움이 깊어, 한국에 와서 연락하고 다시 만나기도 하고, 그때처럼 함께했지만 그럼에도 너무나 그리운 순간이다. 몇 병이나 더 비웠던 걸까. 많은 이야기와 감정이 교

ⓒ 여행친구 정한나

ⓒ 여행친구 정한나

차하는 순간이 시간을 만들고, 시간은 또 다른 시간을 불러냈다. 주변에 머물던 사람들이 줄기 시작하고, 어깨 위에 찬 기운이 서릴 무렵, 다시금 춤추는 에펠탑의 조명 앞에 술과 감흥에 취한 한 무리가 얼싸안고 춤을 춘다.

춤추던 무리 중 몇이 우리가 재미있어 보였는지 다가왔다. 이미 술도 다 떨어진 자리에 앉아도 되겠냐며. 퍽 쌀쌀해진 날씨에 이번 여행에 갖고 온 것 중 가장 두꺼운 옷, 얇은 파란 점퍼를 꺼내며 나는 자리를 내어줬다. 영어와 프랑스어로 나누며 깊어가는 이야기와 시간 속에 정이 들었는지, 내 옆의 친구는 스마트폰에 자기 페이스북 아이디를 저장해놓고 꼭꼭 연락하라고 거듭 당부하며 확인했지만, 나는 이 인연은 이대로가 좋겠다고 생각했다. 취기에 흔들릴 대로 흔들린 에펠탑의 모습을 아쉽게 눈에 담으며 어떻게 숙소로 돌아가고 잠이 들었는지. 에펠탑 앞 와인파티의 기억은 아름답게 흔들리는 잔영으로 남아 있다.

류리스탈, 고한나 가이드, 말히, 승지, 수민, 한나, 영진 외에도 내게는 셀 수 없이 많은 여행인연이 있다. 모든 여행인연이 저들처럼 의미를 갖지는 않을 뿐이다. 물론 난 이 친구들을 만나기 위해 여행한 것이 아니었다. 만나지 않았어도 됐을지 모른다. 계획 없이 만나게 된 인연이지만, 그 인연들은 나의 여행에서 그리고 나아가 나의 삶에서 한 부분을 차지해 버렸다. 그들은 내가 과거에 보낸 시간만이 아닌, 이후 내가 보낼 시간에까지 영향을 주었다.

여행인연이 소중한 건 그들이 다시 다음 여행을 이끌기 때문이다. 나의 다음 여행, 다음 일상, 다음 삶에 함께하는 까닭이다.

그
려
낸
나

나의 모습을 대한다는 건 새롭고 신기한 경험이다. 거울에 비친 모습, 물에 비친 반영, 다른 이의 눈에 담긴 모습까지. 내가 인지하던 나를 다른 시각으로 바라볼 수 있다. 특히 다른 이가 그림으로 그려낸 나를 대하는 건 특별한 경험이다. 누군가가 일정한 시간과 노력을 기울여 나의 양태와 개성을 인지해 선과 색으로 담아내는 것이니 말이다. 이런 그림에서 피사체에 애정을 갖지 않기란 어려운 일이다. 애정과 정성으로 나를 그려낸 이들이 있다. 나 자신을 특별하게 인지하도록 이끌어, 여행의 소중한 순간을 만들어준 인연들이다.

피렌체에서의 이틀째, 아침에 숙소에서 만난 친구와 함께 두오모에 가기로 했다. '큰 성당'이라는 뜻을 가진 두오모. 피렌체의 두오모는 싼

타 마리아 델 피오레 성당Santa Maria Del Fiore이다. 이른 아침 햇살이 느릿 느릿 게으르게 비추는 거리와 주택가를 거닐어 두오모로 갔다. 급할 거 없는 길이라 돌 벤치에 앉아도 보고, 인도 가장자리 선을 따라 조심 조심 떨어지지 않게 걸어도 본다. 그 거리 끝에 세례당의 모습이 먼저 보였다. 싼 지오바니 세례당Battistero di San Giovanni. 세례당은 두오모 앞, 지오또의 종탑 옆에 자리하고 있다.

처음부터 두오모에 오를 생각은 아니었다. 세례당에 올라 두오모를 바라볼 참이었다. 두오모에 오르면 두오모를 볼 수 없고, 그 둥근 오렌지 색 돔도 눈에 담을 수 없으니. 그리고 세례당은 현재의 두오모가 지어지기 전까지 피렌체의 두오모였던 곳으로, 오를 만한 충분한 이유와 의미가 있었다. 두오모에 올라가지 않을 뿐, 1층 본당은 볼 생각이었다. 성당 안에는 정해진 인원만큼만 머물도록 통제되고 있어, 사람이 많은 성수기에는 길게 줄을 서야 한다. 아침잠 많은 내가 몰려오는 잠을 겨우 떨쳐내며 부러 일찍 나온 이유이기도 했다. 서두른 덕분에 다행히 줄은 길지 않았다.

차례를 기다리며 한 시간 전쯤 알게 된 친구와 이런저런 이야기를 이어가고 있었다. 우린 그다지 지루하지 않았는데 내 뒤에 있던 어린 소녀는 좀 지루했던가 보다. 유모차에 탄 5살쯤 되어 보이는 갈색 머리의 꼬마 아가씨가 엄마로 보이는 여자에게 결재 서류를 요구하는 사장과 같은 포스로 수첩과 펜을 달라는 게 보였다. 그 모습이 어찌나 귀엽던 지 소녀의 행동을 주의 깊게 보게 됐다. 뭔가를 열심히 매우 진지한 태도로 그리기 시작하는 소녀. 소녀의 그림은 곧 줄을 서 있던 다른 이들의 관심도 끌었다. 불쑥 내가 물었다.

진지하게 슥삭슥삭~

아직 아냐

당신이예요~

만족스럽게 작업을 끝낸 어린 화가

"뭘 그리는 거니?"

그러자 아이가 작은 손가락을 쭉 뻗어 날 가리키며 답하는 게 아닌가.

"당신을요."

다시 그림에 열중한 소녀는 나를 다시 보지도 않고 내 모습을 그려 나갔다. 완성된 그림은 실제 내 모습과는 세부적인 묘사가 달랐지만 긴 머리, 동그란 눈, 원피스를 입은 모습이 대충 비슷했다. 실제보다 키를 크게 그려준 아이에게 고맙기까지 했다. 그림을 마친 후 바로 줄 줄 알았더니, 미리암Miriam이라고 제 이름까지 적어서 준다. 아이는 이미 화가였다. 자신의 작품에 만족해하며 수첩에서 그림을 찢어 내게 내민 아이는 다시 도도하게 수첩을 착착 접어 펜과 함께 엄마에게 돌려주었다. 소녀 화가 덕분에 원체 지루함 없던 줄이 더 빨리 줄어든 듯했다. 피렌체의 두오모를 생각하면 오렌지색 돔과 유명한 프레스코화 '최후의 심판'보다도 그 아이가 먼저 떠오른다, 미리암.

알게 된 지 고작 3년인 친구와 여행을 함께한 게 벌써 몇 번째다. 굵직하게는 군산, 방콕, 보령의 시간을 나눴고, 일상여행까지 더하면 더 많은 순간을 함께했다. 군산은 친구와의 첫 여행지였다. 군산에서의 여행은 즐거웠지만 아팠다. 그곳이 내게 여러 의미와 다른 깊이의 감흥을 몰아주는 곳이었기 때문이다. 경암동 철길마을, 근현대 건축물, 미술관과 박물관이 자리해 볼 것도 즐길 것도 많은 곳이었지만, 한편으론 일제강점기 수탈의 공간으로, 우리 근대사의 아픔을 지닌 곳이라 그랬다. 아픈 역사의 공간에서 예스러운 풍광 앞에 마냥 설렐 수만은 없었다.

복잡한 심정으로 군산을 여행하다가 조금 지쳐 일본식 다다미방이 있는 미즈 커피란 카페에 갔다. 북카페 컨셉의 카페는 적어도 휴일에는 북카페로 기능하기에 너무 소란스러웠다. 방송프로그램으로 유명해졌고, 일본식 다다미방이 독특해 군산을 여행하는 많은 이들이 찾는 일종의 군산 명소였기 때문이다. 아무튼, 좋아하는 커피 한 잔 즐기고 여행의 시간도 정리하고, 테이블 주변 서가에 꽂힌 책도 보며 시간을 보내는데, 친구가 부스럭부스럭 뭔가를 꺼냈다.

친구가 수첩과 펜을 꺼내들고 뭔가를 끄적이길래, 꼼꼼한 사람이니 일정을 점검하거나 여행 감상을 적는 줄로만 알았다. 그런데 친구의 펜이 스치고 간 자리에 내가 있는 게 아닌가. 나를 그린 그림이었다.

"나희 그려주려고 수첩과 펜 챙겨왔는데, 펜 더 많이 가져올 걸…"
글 잘 쓰고 그림 잘 그리며 사진 잘 찍는 친구인 줄은 익히 알고 있었지만, 이렇게 다정한 마음을 내게 갖고 있는 줄은 몰랐다. 불현듯, 뜻밖에, 갑자기 겪은 감동이었다.
시간이 흘러 충남 보령에 자리한 폐교를 캠핑장으로 개조한 곳으로 글램핑을 떠났다. 군산여행을 함께한 친구와 또 다른 친구와 함께였다. 일반적인 캠핑보다 좀 더 편하고 화려한 캠핑을 의미하는 글램핑을 기분 좋게 경험했다. 날 선 일상을 달려온 우리에게 조금은 편한 시간이 필요하던 때였다. 기분 좋은 여행을 마칠 때쯤, 친구가 나와 다른 친구에게 봉투를 내밀었다. 봉투 안에는 채색까지 곱게 한 나를 그린 그림이 들어 있었다. 평소 나의 옷차림과 헤어스타일, 갖고 다니는 캐리어의 벨트까지 세세하게 그려져 있었다. 친구는 내 사진을 옆에 두고 보고 그렸다고 했다. 얼마나 정성스러운 작업이었을지.

여행하며 때로 귀한 선물을 받곤 한다. 기념으로 삼을 만한 각국의 열쇠고리나 휴대폰 장식, 뜻밖의 손편지, 직접 쓴 시도 있다. 내가 인형 좋아하는 걸 알고 인형을 주는 고마운 친구도 있었다. 모두 소중하고 정성이 담긴 선물이다. 하지만 그럼에도 가장 소중하고 기억에 남는 선물로, 나를 그려준 그림을 꼽지 않을 수 없다. 그림이 담고 있는 특별함 때문이다. 그림은 거울과 사진의 즉각적인 면과는 달리, 일정한 시간과 품을 들여야 하는 것이라 특별하다. 나조차 쉽게 인지하기 어려운 나의 특징과 개성을 추출해준 것이라 더 그렇다. 그려낸 나의 특징과 개성은 대부분 긍정적인 것이라, 나라는 피사체에 애정을 갖지 않고는 그릴 수 없는 것이기도 하다.

무엇보다 언제나 여행을 즐기는 여행자로, 여행의 순간 안에 있는 나의 모습을 대하는 것은 정말 즐겁고 특별한 것이다. 다른 이의 눈에 비친 나의 개성, 나의 즐거움, 나의 여행은 너무나 많은 특별함과 새로움으로 내게 다가온다.

사이,
찰나의 물듦

노을이 아름다운 곳이라고 했다. 그저 노을일 뿐일 거라고 생각했다.

오후 5시, 노을은 아직 모습을 드러내지 않았고 늦은 오후의 햇살만이 가득한 단수이淡水에서 특별한 기대를 하기란 힘들었다. 그저 인상 깊었던 대만 영화〈말할 수 없는 비밀不能說的秘密, Secret (2007)〉의 배경이 그곳이어서 간 거였다. 영화의 인기와 영향이 중화권을 넘어 우리나라와 동남아 등에 상당해, 단수이는 대만을 여행하는 사람들에게 영화의 낭만을 찾을 수 있는 곳이었다.

저녁 무렵 도착한 단수이 역은 분주했다. 단수이는 잔디밭이 펼쳐져 있는 앞으로 바다가 자리해 마치 넓은 공원 같은 느낌을 주었다. 역 근처부터 바닷가까지 사람들로 꽤 붐볐다. 아기를 누인 유모차를 끌고

산책을 즐기는 가족, 비눗방울 놀이를 하는 아이들, 사람들의 행복한 모습을 그려내는 거리의 화가 등 그곳을 즐기는 모습은 다채로웠다. 넓은 공터와 공간을 즐기는 사람들의 모습에서 언뜻 대학로 마로니에 공원이 연상되었다.

바닷가에서 바라보는 단수이 노을이 최고라기에 바다로 걸음을 옮겼다. 바다 표면은 노을로 물들기 직전의 햇살로 반짝반짝 빛을 발하고 있었다. 서서히 노을이 지기를 기다리고 있었다. 갑작스러운 움직임이었다. 단수이가 물들기 시작했다. 노을이면 노을이지, 하늘의 변화가 아름답지만, 굳이 그걸 찾을 필요가 있을까 생각했던 나는 얼마나 오만한 여행자였는지.

단수이의 '물듦'은 달랐다. 서서히 젖어드는 게 아닌, 하늘과 바다에서 넓고 짙게 물드는 강하고 갑작스러운 물들임을 대할 수 있었다. 누군가 강하게 내 안으로 뛰어드는 것 같았다. 갑작스러운 변화였고 경험이었다. 바다와 하늘을 넋 놓고 바라봤다. 예상치 못했던 범위와 수준의 붉은 빛을 입은 단수이에 나의 감성도 같은 빛깔로 물들 수밖에 없었다. 시간의 흐름에 따라 점차 하늘의 빛과 색도 변해갔다.

이전보다 어두운 빛이 한껏 짙어진, 검붉은 노을이 바다 위로 낮게 깔렸다. 예상 밖의 일몰이 마음을 강하게 흔들어 놓아 그 모습을 두고 발을 떼기란 무척 어려운 일이었다. 그럼에도 〈말할 수 없는 비밀〉의 감흥을 되새기기 위해 다음 여정으로 어렵게 걸음을 옮겼다. 영화의 배경인 단쨩 중학교로 가는 길에 라오지에老街라는 시장 겸 먹자골목이 있다. 정적인 낭만 가득한 바닷가와는 다르게, 정겨운 활기와 기분 좋은 소란스러움이 가득했다. 골목에 들어서자 양쪽에 들어선 노점상에서 손님을 끌려는 상인들 목소리가 앞다투어 들려오고, 무엇부터 봐야 할지 맛봐야 할지 눈과 입이 바빴다.

꼬치 먹거리, 대왕오징어, 한 입 펑리수, 밀크티 등의 주전부리를 그냥 지나칠 수 없었고, 자질구레한 기념품을 파는 상점도 당연히 그냥 지나치지 못했다. 날이 어두워질수록 밝아지는 조명과 많아지는 사람들이 시장 안을 채웠고, 노을의 강한 울림은 점점 커지는 소란함 속으로 서서히 사라져 갔다. 하지만 처음 대면한 대만, 타이베이의 인상은 붉게 물들며 일렁이던 노을로 오래도록 남았다.

단수이의 노을을 생각하면 또 다른 여행지의 붉은 빛이 떠오른다. 베네치아 부라노 섬에서 본섬으로 돌아오던 수상 택시 안에서 경험했던 노을이 잊히지 않는다. 곳곳으로 뻗은 물길과 골목 그리고 섬을 여행하는 것이 베네치아를 가장 베네치아답게 즐기는 것이라 생각하며, 그날도 베네치아의 섬 몇 곳을 여행한 터였다. 섬과 섬을 수상택시가 손쉽게 이어주지만, 이 섬에서 저 섬으로 이동하는 데 시간과 체력이 소모되기 마련이다.

유리 공예로 유명한 무라노Murano 섬과 색색의 건물이 주는 즐거움이 큰 부라노 섬을 연이어 둘러보자 기분 좋은 노곤함이 밀려왔다. '언제 본섬으로 돌아가 저녁식사를 하지?' 피곤함에 갈 길이 까마득하게 느껴져 수상택시 객실 기둥에 몸을 기대 쉬고 있었다. 아마 베네치아에서 만난 친구였을 거다. 나를 툭툭 치는 손길에 설핏 들었던 잠에서 깼다. 그 손이 가리키는 곳에 해가 있었다. 빨간 알사탕처럼 동그랗고 빨간 해가 지고 있었다. 그렇게 급하게 지는 해를 본 것도 처음이었던

것 같다. 해 지는 속도가 얼마나 빠른지, 동그랗게 선명한 해가 신기해 그 모습을 연이어 카메라에 담는 사이, 해는 수면 위까지 가파르게 떨어졌다. 해를 담느라 미처 인식하지 못한 노을도 함께 지평선의 끝자락을 물들이고 있었다. 선명한 해의 움직임과 아름다움에 당혹스러움마저 느꼈던 오후였다.

노을의 경험이 오래도록 기억에 남는 건, 노을이 관계와 인연을 연상시키는 까닭이다. 자연환경보다 도시환경에 관심이 많은 내게, 자연의 변화란 늘 갑작스러운 일이었다. 자연환경에 깊은 관심을 두지 않으니, 자연이란 어느 순간 불현듯 인지되고 느껴지는 상대였던 거다. 노을, 빛, 눈, 바람이 그랬다. 그러니 하늘의 변화, 노을의 움직임도 불현듯 시작되는 것이었다.

관계와 인연도 그러했다. 언제부터 시작되고 끝나는 게 아닌, 시작과 끝이 분명히 보이고 인지되는 게 아닌, 모르는 사이 서로에게 물들고 시작되는, 그러다 자취를 감추거나 이어지기도 하는 것이니 말이다. 많은 이들이 좋은 인연을 기대하고 갈망하지만, 인연이란 게 기대한다고 해서 그에 맞춰 오고가는 게 아니지 않나. 정작 인연은 문득, 불현듯, 무심한 순간, 인상 깊게 때로는 당혹스럽게 찾아든다. 들 자리를 굳이 내주지 않아도, 자리를 찾아 나를 물들이는 게 인연이다. 찰나의 노을과 불현듯 들어서는 인연은 그렇게 닮아 있다.

맛

보

다

향

　　사과향이 느껴지는 곳이 있다. 그저 비행편이 많아 입출국하
기가 좋아 찾은 도시, 별 기대 없이 간 그곳에서 새로운 맛과 향을 만났
다. 괴테의 도시란 것을 잊고 있었고, 마지막 여정이라 지치기도 해서
프랑크푸르트에 도착하자마자 숙소 침대로 직행했다. 숙소에서 편히
쉬며, 전날 막 한국에서 떠나온 한 친구를 알게 되었다. 독어독문을 전
공한 그는 한 달간의 어학연수를 앞두고 설레는 마음과 불안하고 떨리
는 마음이 반반인 것 같았다.

오후 4시, 애매한 시간이다. 관광이 목적이었다면 숙소에 짐을 부리자
마자 밖으로 나갔겠지만, 한 달의 시간을 앞둔 친구와 다음 날이면 이
곳을 떠날 내겐 급할 게 없었다. 친구에게는 시간이 너무 많았고, 내겐
시간도 기대도 많지 않았다. 아무튼, 여행지의 인연이란 쉽게 가까워

272

지는 법이다. 금방 친해진 우린
뭘 하며 이 애매한 시간을 잘 보
낼까 하다, 자연스레 마시러 나
갔다. 워낙 다양한 맥주가 있는
독일이니 간단하게 맛 좋은 맥
주나 한잔하려 한 것인데, "여
긴 이게 유명하다는데…" 하는 친구 말에 내가 맛본 건 맥주 아닌 새로
운 음료, 아펠바인Apfelwein이었다.

사과와인을 가리키는 아펠바인은 프랑크푸르트의 대표적인 음료로,
그냥 마셔도 좋고 물을 조금 섞어 희석해 마시기도 한다. 조심스레 맛
본 아펠바인은 시큼했는데, 첫 맛보다 그 다음 모금이 더 좋았다. 맛보
다는 향이 끌리는 술이었다. 시큼한 맛은 즉시 혀에 닿아 생경한 맛을
전해왔지만, 상큼한 사과향 덕분에 서서히 기분이 좋아졌다.

첫 번째보다 두 번째가 좋은 만남. 내게는 유독 그런 만남이 많았다.
첫인상을 잘 못보는 탓이었다. 내가 본 누군가의 두 번째 모습은 처음
보다 나았다. 그 다음 모습은 더 나았다. 어쩌면 처음보다 두 번째, 세
번째에 보다 친밀함을 느끼고 관대한 건지도 모른다. 아펠바인을 함께
했던 친구도 그랬다. 겁이 많고 수더분한 친구의 모습에 나와 많이 다
른 사람일 거라고, 좋은 아이 같지만 나와는 맞지 않을지도 모른다고
생각했던 터였다. 재미없는 친구라 생각했는데 의외로 조잘조잘 말을
잘하던 그 아이와의 오후는 유쾌했다.

맛보다는 향으로 기억되는 아펠바인, 프랑크푸르트, 독일, 그 아이. 맛

은 향보다 즉각적인 느낌이다. 혀끝에 먹거리나 음료가 닿는 순간 맛을 인지할 수 있으니까. 그 때문에 맛이란 향보다 노력을 덜 기울여도 느낄 수 있는 것 아닌지. 반면, 향이란 조금 더 노력을 기울여야 인지할 수 있는 것 같다. 조향사가 아닌 보통의 사람은 코에 어떤 향이 닿아도 그 향이 무엇에서 연유한 것인지 알기까지는 시간이 걸리게 마련이니. 세상에는 즉각적으로 인지하고 느낄 수 없는 것도 있다. 바로 느낌이 오지 않고, 느끼고 알아갈 시간이 필요한 게 있는 것이다. 예전에는 빠르게 알고 느낄 수 있는 걸 찾았던 것 같다. 그만큼 어렸고 몰랐고 미숙했던 거겠지. 시간이 흐르며 조금씩 알아간다. 금세 친해지기 어려운 공간, 사람, 사물도 있을 수 있다는 걸, 그편이 오래 이어질 인연일 수도 있다는 걸 알게 된다. 맛보다 향이 강한 누군가 또는 무언가와의 만남을 반복하며 알게 된다.

누구에든, 무엇에든, 어디에든 이제는 조급함을 덜어내고, 기대를 얹어 대할 수 있게 되었다. 조급한 판단과 느낌도 더는 쉽게 내리지 않는다. 어떤 향으로 나를 이끌어줄 인연일지 모르니.

인
연

맞
는

곳

　　운이 겹치는 곳이다. 상하이와 대만에 이어 여행했던 중화권 여행지, 홍콩에서 좋은 운을 연이어 경험했다. 그저 그런 곳이 있다. 여행 준비를 꼼꼼하게 잘한 것도 아니고 기대를 많이 한 곳도 아닌데, 연이 잘 맞고 뭐든 잘 풀리는 그런 곳이 있다. 사람에게만 인연이 있는 게 아니다. 장소에도 사물에도 인연이란 게 있는데, 홍콩은 나와 보통 이상의 인연이었다.

서울에서 가까워 갈 기회도 많았는데, 오래도록 큰 관심이 없어 다른 곳을 두루 가보고 뒤늦게야 가게 된 곳이 홍콩이었다. 뒤늦게 가진 중화권에 대한 관심이 그곳으로 이끌었던 거다. 홍콩에 관심이 생긴 후에도, 바쁘다는 핑계로 서울과 크게 다르지 않을 거란 근거 없는 자신감으로 여행 준비를 거의 안 했다. 여행 책자 몇 장 팔랑팔랑 넘겨보지

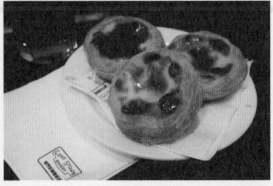

도 않을 정도였다. 아는 만큼 보인다지만, 마음과 머리를 비운 만큼 크고 넓게 볼 수 있을 거라는 배짱도 있긴 했다.

그럼에도 다행스럽게도 처음부터 술술 잘 풀려가는 여행이었다. 도미토리 숙박을 좋아해서 일부러 9인실을 예약했는데, 예약한 방은 조용했고, 인도, 중국, 대만, 미국, 대구 등 여러 나라의 여러 지역에서 온 룸메이트들과도 잘 맞았다. 입이 좀 짧은 편이라 잦은 여행에도 새로운 음식에 쉽게 적응하지 못하는 편인데, 잘 모르고 대충 찍어 주문하는 요리마다 내 입맛에 딱 맞춘 듯 맛이 좋았다. 심각한 길치에 방향치인데, 복잡하기로 유명한 홍콩에서 길을 꽤 잘 찾았을 때는, 이곳과 궁합이 제대로 맞는구나 싶었다.

여행운은 홍콩에서 그치지 않고 마카오까지 이어졌다. 3박 4일의 그리 길지 않은 기간이었지만, 홍콩 본섬에서만 머무르기에는 아쉬워 마카오 하루여행을 하기로 했다. 온종일 바삐 다니다 보니, 동행한 친구가 꼭 가고 싶다던 콜로안 빌리지^{Coloane Village}에 밤이 늦어서야 도착했다. 그곳에서 유명한 로드 스토우즈 베이커리^{Lord Stow's Bakery}의 에그타르트를 맛볼 생각이었다. 그런데 세나도 광장^{Senado Square}에서 버스를 타고 한 시간을 가는 동안 날이 저물어버렸다. 카페 문 닫을 시간이 가까워 아쉬워하며 버스에서 내렸는데, 버스정류장 바로 맞은편에 로드 스토우즈가 있었고, 아직 불이 켜져 있었다. 다급하게 문을 열고 들어간 우리에게 직원은 싱긋 웃으며 "라스트 오더^{Last Order}!"라고 외쳤다. 하, 기가 막히는 타이밍!

마카오 하루여행을 좀 서둘렀어야 했나, 일정을 조율했어야 했나 싶

게, 마카오에서의 시간은 너무 빨리 흘러갔다. 본섬으로 가는 배를 한
밤중이 다 돼서야 탔다. 본섬에 가서 피크트램Peak Tram을 타고 홍콩의
야경을 볼 계획이었는데, 너무 늦은 것 같았다. 마침 블로그 친구가 선
물해 준 피크트램 티켓이 있어 꼭 타고 싶었는데, 시간이 너무 간당간
당했다. 뛰다시피 트램 정류장에 들어서며 운행 시간을 묻자 "라스트
피크트램Last Peak Tram!" 이라는 대답이 돌아왔다. 막차인 피크트램에 승
차하자마자 트램 기사가 씩 웃으며 손가락을 두 개 펴 보인다. 텅텅 빈

트램 안에 승객은 우리 둘뿐이었다. 라스트 피크트램! 트램을 전세 낸 듯 우리끼리만 즐기다니! 어둠을 가르며 가파르게 올라간 트램을 타고 전망대에 도착했다. 원래 전망대는 많은 사람들로 붐비는 곳인데, 그 때 그곳에는 아무도 없이 반짝반짝 빛나는 홍콩의 밤만이 우리와 함께 했다.

홍콩에서의 운은 계속 이어졌다. 많은 여행객들이 홍콩에서 맛보고 사 가는 쿠키를 살 때였다. 홍콩을 여행하는 여행자들의 말에 따르면, 이 쿠키를 사기 위해 짧게는 30분, 길게는 한 시간 넘게 줄을 선다고 했 다. 아침부터 줄 서는 사람들이 골목 모퉁이를 돌아 길게 이어진다는 그 상점을 가려고 했던 건 아니었다. 홍콩대학교University of Hong Kong, 香港 大學에 갔다가 우연히 들러본 거였다. 흰색 매장으로 들어가 쿠키를 사 기까지 걸린 시간은 단 1분. 거짓말처럼 쉽고 빠르게 쿠키를 손에 넣을 수 있었다.

놀랍고 우스울 정도로 크고 작은 운이 이어졌으니, 홍콩과 마카오는 나와 연이 닿고 궁합이 잘 맞는 곳이라는 생각이 들었다. 사람 사이에 만 인연이 있는 게 아니다. 사람과 장소에도 인연이 있는 거다. 굳이 애쓰지 않아도 잘 맞고, 쉽게 가까워지며 그 연을 오래 이어갈 수 있는 공간이 있다. 우연처럼, 기대 없이 나와 잘 맞는 연을 타국, 생경한 곳 에서 만나고 느낀다는 건 즐거운 경험이다.

나의 감정과 취향, 느낌을 힘들이지 않고 나눌 수 있는 공간과 사람을 만나는 여정이 결국 여행의 목적이고, 여행의 의미인지도 모른다. 홍 콩과 마카오는 나와 인연이 있는 공간, 인연이었다.

굳이
찾 지 는
않 지 만

발길 닿는 곳, 머무는 곳이 어디건 여행은 즐겁고 만족스럽
다. 어느 곳에서나 지역적·문화적·역사적 차이를 인정하고 여지를
남기니, 어디에서든 즐거움과 흥미를 느낄 수 있었다. 실망했던 여행
지는 없었다. 때로 당혹감을 느낄 때는 이색적인 경험을 한 것으로 여
기고, 아쉬움이 남는 곳은 다시 가야 할 여지를 남기는 것으로 생각하
면 그런 감정이 덜어진다.

그런데 모든 곳에서 나름 만족하며 어디를 가도 좋았던 내게도 '굳이'
일부러 찾고 싶은 마음이 들지 않은 곳이 있었으니, 바로 일본이었다.
굳이 찾고 싶지 않았던 데는 참으로 진부하면서도 이해할 만한 이유가
있었다. 한국과 일본 사이에 놓인 과거의 역사 그리고 치유되지 않은
과거의 아픔 때문이다.

'나'라는 여행자의 성향과 관심사와 관련 있기도 하다. 사학을 전공했고 세부전공은 서양사지만, 한 서양사학자의 말처럼, 역사라는 학문은 세부전공과는 별개로 연구자가 인식하는 역사적·민족적 정체성과 깊이 관련되어 있다. 아무리 한국사가 아닌 서양사를 전공했지만, 한국인으로서의 한국사 인식이 없을 수 없다는 거다. 한국인이 일본에 대해 가진 근본적이고 일반적인 역사적 거부감을 탓할 이는 드물 거라 본다. 나 역시 그렇고, 우리가 겪은 역사는 과거의 일로만 치부하기에는 치유되지 않고 해결되지 않은 문제가 많다. 그리고 이런 생각은 일본에 거부감과 무관심으로 이어졌다.

의식적으로 '무관심'해지려 했다. 결국, 그러한 무관심은 관심의 다른 표현이었을 테니, 나의 의식적 노력은 근본적으로 성공할 수 없는 것이었지만, 그럼에도 그랬다. 주변 사람들은 "아니, 여행을 좋아한다면서 가까운 일본을 안 가봤냐" 며 놀라워했다. 언젠가 가겠지만, 당장은 아니었고, 그 '당장'은 계속 미뤄졌다. 앞선 이유들도 있었고 여행 버

킷리스트의 다른 여행지들이 일본을 자꾸 뒤로 밀어내고 있었다. 그러다 재직 중이던 연구소에서 교토로 직원교육 차원의 출장을 가게 되었다. 일본이 '굳이' 찾고 싶은 곳이 아니었던 거지, 반드시 가고 싶지 않은 건 아니었다. 게다가 내가 선택해서 가는 게 아니라 회사에서 가라해서 가는 거니, 내게 이보다 나은 명분은 없어 보였다.

처음으로 찾은 일본은 평소 갖고 있던 잠재적 무관심과 부정적인 감정에도 불구하고 좋은 점들을 많이 찾아볼 수 있는 곳이었다. 나무의 결이 살아있는 좁고 작은 일본식 목조가옥, 고즈넉한 사찰과 사원의 정적인 매력, 여행객을 위한 것이겠지만 이색적인 인력거와 기모노 차림새 등으로부터 나름의 흥미와 재미, 의미를 찾고 즐겼다. 여행지의 인형 수집이 취미라 전통 목각인형을 몇 개 사기도 했다. 교토는 가장 (옛)일본다운 멋을 가진 곳이었기 때문에, 그리고 내게 여행이란 기본적으로 즐거운 것이고 어디서든 즐길 수 있는 포인트를 찾는 덕에, 일본 출장은 상당히 즐거웠다.

그러나 눈과 머리에 새로운 문화와 풍광을 즐거이 열심히 담으면서도 마음 한 곳이 자꾸만 불편해지는 건 어쩔 수 없었다. 이렇게 마냥 즐겨도 되는 걸까? 그저 즐기기만 해도 되는 걸까? 차이와 여지를 인정하는 여행자라면서 과거의 역사 때문에 현재의 일본을 제대로 보지 못한다면 그것도 편협한 것 아닐까? 하는 생각이 들었다. 평소 여행지의 개성과 특징을 꽤 빠르게 잘 파악하고 그에 따라 그곳을 대하는 바를 정하던 것과는 반대로, 일본에 대해서 어떤 인상을 가져야 할지 어떤 생각을 갖고 어떤 태도로 대해야 할지 쉽게 결정하지 못했다.

평소 가지고 있던 감정과 철학에 위배되지 않는 방법과 수단으로 일본을 찾은 것은 스스로의 강박으로부터 조금 벗어날 수 있는 시도였지만, 내게는 여전히 많은 과제가 남아 있었다. 그 과제를 풀고자 노력했고, 스스로 굳이 다시 일본을 찾진 않을 것 같다는 생각을 깨고 다시 일본을 찾기도 했지만, 여전히 해결 못한 문제와 상황이 내 앞에 놓여있다. 양국의 관계가 나아지지도 해결되지도 않았고, 우리의 역사가 치유되지도 상처가 낫지도 않았는데, '나'라는 일개 개인이 쉬이 풀 수 있는 문제가 아니라는 생각도 든다.

의식적인 무관심이라는 강박으로 어떤 한 나라의 역사와 문화를 대하는 게 유쾌한 일은 아니지만, 내가 부족해서인지 풀리지 않은 숙제를 눈앞에 두고 불편한 감정을 걷어버리기가 쉽지 않다. 언제쯤이면 정리된 감정으로 일본이란 곳을 대할 수 있을까. 그 날이 오기는 할지, 올 수 있을지. 굳이 찾지는 않았지만, 결국은 가게 된 그곳에서 나름의 즐거운 경험을 한 것으로 일단 만족할 수밖에 없지만, 여전히 불편한 마음을 앞세운다.

여배우와
모히토

　　배우 성수연을 만난 건 힘든 하루의 끝자락에서였다. 나와
그녀는 서로의 존재를 모른 채 바르셀로나 숙소 2층 도미토리에 함께
묵고 있었다. 여행도 일상도 늘 즐겁기만 할 수는 없었다. 지치는 여
행, 힘든 일상의 하루였다. 여행 전, 잘 처리될 거라 생각하고 마무리
짓고 온 일이 제대로 처리되지 않았고, 실망은 불쾌함과 짜증을 불렀
다. 몸과 마음이 지친 채 얕은 잠에 들었던 것 같다.

밤늦은 시각, 갑자기 환히 켜진 불에 간신히 든 잠이 깨버렸다. 불빛의
출처가 그녀의 노트북임을 알고 좀 심하게 항의했던 것 같다. 화가 날
상황이긴 했지만 경솔한 행동이었다. 당연히 날 선 반응이 돌아올 거
라 기대했는데, 너무도 예의 바르게 자신의 실수를 인정하고 사과하는
그녀 앞에 나는 조금 부끄러웠다.

잠이 깨버려 일단 1층 거실로 내려간 나는, 조금 뒤 2층으로 올라가 그녀에게 무례함을 사과했다. 그녀는 아니라며, 충분히 화날 만했고 자신이 경솔했다며 사과했다. 서로의 실수와 무례를 인정하고 이해하며, 나와 그녀의 새로운 인연이 시작되었다. 배우인 그녀는 공연을 위해 영국에 갔다가 공연이 끝나고 바르셀로나를 여행하는 중이라고 했다. 나보다 하루 먼저 바르셀로나를 떠나는 일정이었다.

우린 같이 여행하지는 않았다. 서로 계획이 달랐다. 온종일 각자의 일정으로 바쁘다가, 밤에 숙소에서 만나는 게 전부였다. 하지만 잠시 잠깐 숙소에서 볼 때마다 반가운 '인연'이었다. 그녀는 언제 자신이 떠나는지를 내게 말했고, 나는 그녀가 떠나는 날을 기억해 두었다가, 그 하루 전 밤에 한잔하러 나가시 않겠냐고 청했다. 그러잖아도 내일이면 떠난다는 아쉬운 맘에 혼자라도 나가려고 했다는 이 겁 없는 여배우는 함께 나와줘서 고맙다고 했다. 우리는 생기발랄한 바르셀로나의 밤거리로 나갔다.

바르셀로나의 여름밤은 정말 청량했다. 소란스럽거나 흐트러지지 않은 건전한 활기와 생기가 감돌고 있었다. 나도 그녀도 모히토를 주문했다. 중독성 있는 청량한 맛이 스페인의 밤을 꼭 닮았다. 나와 그녀는 서로의 직업, 삶의 계획, 앞으로의 여행에 대해 많은 이야기를 나누었던 것 같다. 그때의 이야기가 모두 기억나지는 않지만, 즐거웠던 기억만은 또렷하다. 한없이 자유롭고 활기찬, 발랄하기까지 한 바르셀로나의 밤이었다.

그녀와의 인연은 서울에서도 이어졌다. 나는 수연 씨에게 서울에서 공연할 때면 꼭 좀 알려달라고 했고, 수연 씨는 고맙게도 공연 때마다 초

대해줬다. 그녀가 출연한 작품을 꽤 많이 접할 수 있었다. 〈서울연습-모델.하우스〉와 〈2013 D FESTA: 연극의 연습〉 〈내가 믿는 이것〉 〈몇 가지 방식의 대화들〉 〈희희낙락 연애사〉 등은 모두 그녀가 출연하고, 내가 봐온 작품들이다.

진솔하고 담백한 그녀의 연기에 깊이 공감했다. 연극에 익숙하지 않은 관객이라도, 시놉시스와 주제를 담아내고 풀어가는 그녀의 연기를 보다 보면, 배우가 나타내고 표현하고자 하는 게 무엇인지를 이해하는 건 어렵지 않았다. 그녀를 알게 된 후, 연극을 가장 많이 접했던 것 같다. 책을 읽듯이 연기를, 공연작품을 읽어내는 법을 배우게 된 것 같다. 여행에 이은 새로운 경험, 여행 후의 또 다른 여행경험이라고 할 수 있었다. 허세 없이 소탈하게 차곡차곡 필모그라피를 쌓아가는 이 멋진 배우를 알게 되어 기쁘다.

그녀는 모히토를 보면 내가 떠오른다고 한다. 내게도 모히토는, 그 청량함은 그녀를 의미했다. 바르셀로나, 경솔함, 실수, 여름밤, 모히토는 새로운 인연을 위한 것이었나 보다.

상
점
에
서

파리여행을 위해 베트남 항공을 이용한 것은 저렴한 항공권과 베트남 스탑오버 때문이었다. 항공권은 여행비용에서 가장 큰 부분을 차지하기 마련인데, 파리행 베트남 항공은 놀라울 정도로 저렴했다. 평소 관심이 있던 베트남이라는 나라, 프랑스 식민지였던 역사를 갖고 있어 우리 역사와도 닮은 그곳을, 프랑스를 여행하며 경유한다는 것도 의미 있었다. 경유 시간이 20시간 정도니 거의 하루를 베트남에서 쓸 수 있었다. 그러니 한 번의 여행으로, 정말 가고 싶었던 프랑스와 프랑스만큼이나 가고 싶었던 베트남을 모두 여행할 수 있게 된 거다.

나야 긴 비행을 경험해봤지만, 열 시간이 넘게 비행기를 타는 게 처음인 엄마에게는 좀 힘든 시간이었다. 밤에 비행기를 탈 예정이라 굳이 숙소에 머물 필요가 없었지만, 피곤한 우린 요금이 저렴하면서도 시설은 좋은 미니호텔에 숙소를 잡았다. 그러나 정작 푹 자며 쉰 것은 엄마가 아니라 나였다. 알람을 맞춰 놓았지만 못 들을까봐 걱정이 된 엄마는 주무시지 못했고, 엄마 덕분에 난 한두 시간의 꿀잠을 잘 수 있었다. 어쨌든 조금이나마 쉬며 피로를 푼 우리는 호치민 시내로 나갔다.

나는 아오자이를 입고 오토바이를 타는 맵시 있는 베트남 여성의 모습에 정신을 빼앗겼다. 시간만 좀 더 있다면 나도 아오자이를 한 벌 맞췄으면 좋겠다고까지 생각했다. 커다란 키의 야자수 사이로 물동이를 이고 가는 물장수의 생경한 모습이 보였다. 오래 전 한국에서도 저런 모습을 접할 수 있었다는데, 그런 시대를 경험하지 못한 내게는 신기할 뿐이었다. 식민을 경험한 베트남의 건축물도 인상적이었다. 유럽풍과 베트남풍이 섞인 건축양식이 시선을 끌었다.

그렇게 이국적인 모습을 즐기다가, 길을 건너려는데 건널 수가 없었다. 서울보다 더 심한 총알택시와 총알오토바이들이 신호등이 빨간불이건 초록불이건 도로를 점령하고 있었다. 다행히도 그런 우리 모습이 안타까웠는지 경찰이 다가와 친절하게 동행해준 덕분에 무사히 길을 건널 수 있었다.

간신히 길을 건너 골목골목 번화가를 찾아 돌아다니다 보니 상점가가 나왔다. 전통 인형과 전통 그림, 아오자이 등 기념품이 많은 곳이라 마음에 들었다. 엄마 눈치를 살피며 잽싸게 몇몇 제품을 골라 계산하는데, 엄마는 두통이 심해 나를 신경 쓸 겨를이 없어 보였다. 워낙 약한 체력에 처음 하는 장거리 해외여행과 길고 지루한 비행시간, 당신의 딸까지 책임져야 하는 상황이 엄마에게는 부담이었나 보다. 엄마께서 신경 쓰실 부분이 많은 여행이었다. 아프실 만도 했다.

두통으로 힘들어하는 엄마와 함께 우연히 어떤 상점 앞에서 발걸음을 멈췄는데, 상점주인이 작은 약병을 하나 내민다. 엄마 보고 병뚜껑을 열어 약을 관자놀이 부분에 문지르라고 손짓한다. 이걸 발라도 될까. 모르는 사람인데, 우릴 속이려는 거면 어쩌지, 마취제 아냐? 걱정하면서도 약을 받아든 건 엄마의 두통이 너무 심해서였다. 엄마는 상점주인 말대로 약으로 보이는 무언가를 관자놀이에 문질렀다.

몇 분도 아닌 몇 초 후, "신기하네, 하나도 안 아파. 씻은 듯이 나았어" 엄마의 두통이 말끔히 사라져 있었다. 덕분에 기력을 회복하신 엄마와 나는 베트남 여행을 즐거이 이어갈 수 있었다. 모두 신기한 약 덕분이다. 다시 그 상점을 찾으면 고마움도 표시하고 뭐라도 좀 살까 싶었는데. 타고난 길치 모녀인 우린 그 상점을 다시 찾을 수 없었다.

엄마에게 약을 권하던 그 아주머니는 우리에게 뭔가 살 것을 권하지도 않았고, 그 약을 팔 생각도 없어 보였다. 그저 자신과 나이가 비슷한 엄마가 눈살을 찌푸리며 괴로워하는 게 안쓰러워 호의를 베푸신 것 같았다. 바라는 것 없는 친절과 호의였다. 처음 보는 이에게, 아마도 다시볼 일 없는 사람에게 그런 태도를 보일 수 있는 사람이 몇이나 될까.

나는 그런 친절과 배려, 다정한 마음을 불신으로 대하는 우를 범하고말았다. 생각할수록 미안한 노릇이다. 베트남의 이름 모를 작은 상점에서 귀한 깨달음을 얻었다. 여행지에서 만난 모르는 이, 그가 진실된 눈과 따뜻한 미소를 가진 사람이라면 잠시 불신과 의심을 내려놓을 수도 있어야 한다. 이유 없는 도움, 되돌아올 무언가를 바라지 않는 호의도 있는 것인데, 호의를 호의로 받아들이지 못했던 그 순간이 아쉽기만 하다.

베트남커피 카페 쓰어다와 함께, 달콤쌉사름한 시간

배
려

지쳤을 때 받는 배려는 평소 느끼는 것보다 크기 마련이다. 카페에서 잘 써지지 않는 글을 붙잡고 씨름할 때 뜻하지 않게 받는 커피 서비스, 많은 나라와 도시를 이동하는 긴 여행으로 고단하고 아플 때 숙소 주인이 건네는 약 한 봉과 근심 어린 눈길, 다른 나라에서 온 여행자를 위해 가던 길을 멈추고 짐을 들어주며 숙소 찾는 걸 도와주는 행동은 모두 배려 그 이상이다.

기운

프랑스 니스에서 스페인 바르셀로나로 가던 날, 연착된 비행기와 여행이 중반으로 들어서며 잦아진 감기와 몸살로 나는 몹시 지쳐 있었다. 지쳐서 그랬는지 워낙 길치여서 그랬는지 까탈루냐 광장 근처, 찾기

쉬운 곳에 자리한 숙소를 30분 동안 돌고 돈 끝에 찾았다. 저녁 6시, 바르셀로나의 여름밤은 길어서 그 시간에도 마음만 먹으면 주변 산책이며 괜찮은 식당에서 식사며 즐길 거리가 꽤 많았는데도, 숙소에 짐을 부려두고 잠시 눕는다는 게 한두 시간을 내리 자 버렸다.

멍한 상태로 오히려 전보다 더 심해진 피로를 간신히 걷어내며 일어나는데, 맥이 탁 풀리는 게 제대로 몸살에 걸렸구나 싶었다. 좀비 같은 몰골을 하고 거실로 내려가니, 한국인 주인아주머니는 잘 잤느냐며 배고프겠다고 컵라면에 뜨거운 물을 부어 내왔다. 생각지도 못한 환대다. 한국에서는 거의 안 먹는 라면인데 외국에만 나오면 꿀맛이다.

갑작스러운 대접에 놀란 것도 잠깐, 단 한 번 사양하지도 않고 주는 대로 뜨거운 국물까지 훌훌 마시며 한 그릇 뚝딱. 아! 살 것 같다. 몸살기는 아직인데 현기증은 많이 나은 것 같았다. 아주머니는 내가 라면을 먹는 동안 싱싱한 멜론을 한 그릇 가득 담아와 먹기를 재촉하셨다. 못 먹어서 아팠던 것도 아닌데 나는 걸신들린 사람 마냥, 그저 주시는 대로 넙죽넙죽 잘도 받아먹었다.

"컵라면이 귀할 텐데요."

정신을 좀 차리고 그제야 머뭇머뭇 인사치레를 했다.

"바르셀로나에는 한인 식료품 가게가 있고 식품이 풍부한 곳이라 컵라면 구하기가 어렵지 않아. 또 먹고 싶으면 언제든 말해. 학생인가 본데 혼자 왔니? 여행이 고됐나 봐? 아픈가본데 약 줄까요?"

아주머니는 내 대답도 듣기 전에 약을 가지러 가셨고, 아주머니께서 주신 약을 먹고 다시 깊은 잠에 빠진 나는 다음 날 저녁까지 숙면을 취했다. 아주머니는 내가 깰까 봐 도미토리 청소도 소리 안 나게 살살 하셨다. 아주머니의 따뜻한 배려와 내 몸에 아주 잘 맞았던 약 덕분에 이후 여행을 무리 없이 했음은 물론이다.

돌이켜 보면 바르셀로나 여행은 비행기 안에서부터 배려와 친절이 가득했다. 니스에서 바르셀로나로 가는 비행기 안, 옆자리에는 푸근한 인상이 참 좋은 스페인 아주머니가 앉았다. 스페인여행 준비가 좀 미진했던 나는 인상 좋은 아주머니께 몇 가지를 물었다. 아주머니는 영어가 서툴렀지만 바디랭귀지를 동원해가며 성심성의껏 답해주셨다. 공항에서 나가 어디에서 어떻게 공항버스를 타고, 스페인여행 중 유의할 점과 추천 여행지, 꼭 알아두면 좋은 기본 스페인어를 내 수첩에 영어 스펠링으로 적어주시며 왜 이렇게까지 해주나 싶을 정도로 친절했다. 스페인이 처음이었고 스페인어를 전혀 못하는 이방인이었던 나는

스페인 땅에 도착하기도 전에 이 나라와 이곳 사람들에 대해 좋은 인상을 갖게 되었다. 비행기가 바르셀로나에 도착하고 내가 짐을 찾고 공항버스를 타러 가는 것까지 본 후에야 아주머니는 갈 길을 가셨다.

덜어진 무게

낡고 오래된 유럽 지하철. 시간의 흔적이 느껴지는 매력은 일단 차치하고, 큰 짐을 지고 들고 여행하는 입장에서 불편한 건 분명하다. 곳곳에 에스컬레이터와 엘리베이터가 있는 좋은 시설의 우리나라 지하철을 이용하다가 계단으로만 이어진 파리 지하철에 들어섰을 때 느꼈던 암담함이란. 아! 저 계단을 어찌 올라가나, 올라가서는 다음엔 또 어떻게 내려가나. 남자 여행자라면 좀 덜 할 수 있겠는데 나 같은 여자 여행자는 아무래도 체력이 달리게 되는 계단.

암담한 계단에서 얼마나 많은 도움을 얻었는지. 큰 짐을 끌고 들고 끙끙대는 게 퍽 안 돼 보였는지 많은 이들이 이방인의 무거운 짐을 선뜻 들어주었다. 물론 나도 낯선 이가 짐을 들어주는 게 위험할 때가 있다는 것 정도는 알지만, 다행히 그런 사람 구별 정도는 잘 해왔고, 조심스레 짐을 들어줄지 묻는 예의바른 이들은 대부분 선했다.

내 짐을 들어준 이들은 나보다 키가 크고 힘도 센 남자들인 경우가 많았지만, 오히려 나보다 몸집이 작고 여린 여자들이 무거움을 대신해줄 때 느끼는 고마움은 배가 된다. 자신에게 넘치는 것이 아닌 자신에게도 부족한 것을 나누는 배려를 느끼기 때문이다. 이런 배려를 경험한 후에 무겁고 큰 짐을 지는 이를 지나치기란 쉽지 않다. 나보다 작고 여린 사람이건 아니건, 한국을 찾은 여행객이건 아니건 그들의 무게를 덜어주고 그 무게가 덜어진 자리에 포근함을 들여놓고 싶다.

슈니첼과 야외 오페라

그녀들을 만난 건, 그들이 나의 피로와 지친 표정을 읽었기 때문이었다. 호엔잘츠부르크 성Hohensalzburg Castle에서 내려온 나는 무척 힘들고 배가 고팠다. 어디서 무얼 먹을까 하다, 별 고민 없이 성 입구에 있는 작은 가게에 들어갔다. 기념품 상점을 겸한 작은 식당은 들어가 보니 밖에서 보던 것보다 괜찮은 곳이었다. 작은 규모의 야외 테라스에 자리를 잡고 오스트리아 로컬 푸드 슈니첼Schnitzel과 슈티글 비어를 주문했다. 슈니첼은 모양과 맛이 돈가스와 비슷한 오스트리아 음식으로, 감자와 샐러드가 곁들여 나온다. 양은 많고 가격은 저렴해서 주머니 가벼운 배낭여행자에게 반가운 음식이다.

아아, 힘들어. 내 얼굴에서 표정이 없어지는 게 느껴졌다. 완전한 방전이었다. 너무 욕심을 부렸나, 너무 많은 곳을 갔나 봐. 성곽에서 바람을 좀 많이 맞았는지 몸이 오슬오슬한 게 몸살 기운도 좀 있는 것 같았다. 깔깔한 입을 맥주로 적시고, 고기를 한 조각 잘라 넣었다. 어디선가 한국어가 들린다. 한국 여자로 보이는 둘이 들어왔다. 여행에서 한국 사람들 만나는 걸 그리 반가워하지 않는다. 지금은 많이 나아졌지만 내가 싫어하는 한국인 특유의 태도와 행동을 피하기 위해서. 뒤돌아보지도 않고 식사를 이어갔다.

잠시 후 키 큰 여자 한 명이 조용히 나를 부른다. 뭔가를 물어보다가 내가 한국인이라는 걸 알자 반가워하며 자기들 테이블에서 같이 먹지 않겠냐고 권한다. 언뜻 보기에도 과장되지 않은 친절한 매너를 갖춘 모

습에 나는 피로가 만들어낸 긴장을 풀고 그 자리로 갔다. 그들은 러시아에서 한국인 아이들을 가르치는 선생님이었고, 일주일의 휴가를 잘츠부르크에서 보내는 중이었다. 잘츠부르크에서 지내기가 생각보다 좋다고 했다. 러시아 물가는 너무 높아, 웬만해서는 유럽 물가가 매우 저렴하게 느껴진다고 했던 그들은 짧은 시간이지만 나를 막내동생처럼 친절하고 반갑게 대해주더니 저녁을 사고 싶다고 했다.

"이 정도는 정말 별거 아니에요. 너무 피로해 보이고 혼자 여행하는 게 기특해서 언니들이 사고 싶어요"라며 건네는 호의를 계속 거절할 수만은 없었다.

함께 식사하고 숙소로 돌아가는 길에 점점 내려앉은 어둠 사이로 밝은 무대와 같은 대형 영상이 보이면서 아름다운 노래와 선율이 들려왔다. 야외 오페라였다. 음악이 일상인 이곳에서 이런 공연은 종종 있는 듯했다. 이제 막 하루를 마친 사람들이 저녁산책이나 하다 온 듯 편한 차림으로 근처 푸드트럭에서 파는 콜라와 핫도그를 들고 오페라를 보고 있었다. 마침 두 언니 중 한 분이 성악을 전공해서 이 오페라에 관심을 보였고, 우리 셋은 한 자리 차지하고 앉아 오페라를 감상했다. 오페라 영상 무대 근처에는 몇 유로의 저렴한 음식을 파는 푸드트럭이 있고, 스크린과 좌석 뒤로는 고급 레스토랑도 자리하고 있었다. 다양한 취향을 가진 사람들이 제각각 입맛에 맞게 즐기는 일상 오페라. 누구는 일부러 오페라를 찾고, 다른 이는 집에 가던 길에 또는 우연히 자전거를 멈추고 일상 안에서 즐기는 모습이 참 보기 좋았다.

얼마나 지났을까 공연에 취해 시간 가는 줄 모르고 너무 늦어 버렸다. 오페라를 보고 있는 곳은 구시가, 숙소가 있는 곳은 신시가, 숙소로 돌아가는 길에는 밤 10시가 넘어 무겁게 어둠만 깔렸다. 착한 언니들이 나 혼자 숙소에 가는 걸 걱정하는 소릴 뒤로하고 발길을 서둘렀다. 아름다운 잘츠부르크의 야경은 이제 막 시작되는데 아쉽다. 숙소로 함께 돌아갈 동행이 있었다면 여유롭게 그 밤을 즐겼을 텐데, 그날은 그런 날이 아니었다. 강에 비친 잘츠부르크의 밤은 그림 같다. 일부러 번지게 한 그림처럼. 멀리 조그맣게 보이는 호헨잘츠부르크 성을 비추는 보름달과 강가에 자연스레 번진 불빛들은 그 밤을 더욱 아쉽게 만들었다. 하지만 기대하지 않았던 소소한 즐거운 만남의 기억을 갖고 가는 길은 더 이상 외롭지도 무섭지도 않았다.

루이지와 기차 예약

로마 떼르미니^{Termini} 역에서 루이지를 만났을 때, 나는 베네치아행 기차를 예약하러 가던 길이었다. 유럽여행에서 내가 사용한 기차표는 유레일 셀렉트로, 대부분의 기차표를 한국에서 예약하고 갔는데 피렌체 - 베네치아 구간만은 인터넷 예약이 어렵고 로마에서 피렌체로 떠나기 전에 현지예약을 해야 했다. 나는 피렌체로 떠나기 전날 복잡하고 긴 역, 떼르미니 역에 갔다.

잠이 덜 깨서 그랬는지 별 것 아닌 기차표 예약에 좀 허둥댔다. 티켓 머신 앞에 있는 내게 한 노신사가 다가왔다. 조금 경계하던 나에게, 그는 유창한 영어로 자신은 대학의 건축학과 교수이며, 내 또래 학생들을 많이 가르친다고 했다. 학교 학생들이 생각나 나를 돕고 싶다고 했다.

낯선 곳에서는 늘 조심하는 편이지만, 여행은 내게 사람 보는 눈을 가르쳐줬다. 루이지는 신뢰할 수 있는 사람으로 보였고, 조심스레 그의 도움을 받기로 했다. 그는 내가 피렌체 - 베네치아 구간 티켓팅 중이라는 걸 알자 이 구간은 직접 줄을 서서 예약해야 하는데, 아직 이른 시간이라 예약 창구가 열리지 않았다고 알려줬다.

아침도 먹을 겸 잠시 역내 카페에 들어갔다. 나는 작은 크루아상과 에스프레소를 주문하고, 이른 아침 나를 위해 시간을 내준 루이지에  게 뭔가 마시거나 먹을 것을 권했다. 그는 정중하게 괜찮다고 했다. 그는 역에서 볼일도 없었고 그저 역을 지나던 길이었는데 나 때문에 가던 길을 멈추고 꽤 많은 시간을 할애했다. 하지만 그는 자신에게는 시간이 충분하고 그저 돕고 싶었을 뿐이라고만 했다. 예약 창구의 문이 열리기를 기다리며 루이지와 로마와 이탈리아, 이탈리아 사람에 관해 이야기를 나누었다.

루이지는 함께 티켓 예약을 기다려주고, 창구 문이 열리자 내 기차 예약을 다 해주고 나서야 가던 길을 다시 갔다. 친절한 루이지 교수님, 떼르미니 역은 복잡하고 소매치기와 강도가 많은 위험한 역으로 생각했는데, 이제는 그곳을 생각하면 로마의 아침을 즐겁게 열어준 그가 떠오른다. 아침부터 기분 좋은 도움을 받고, 그 인연은 그저 스쳐 갔지만,

기분 좋은 인연을 만난 하루는 마냥 좋을 것만 같았다.

비빔밥과 신라면

프랑크푸르트 공항 대한항공 게이트 앞에서, 여행의 잔상으로 어지러운 마음과 설레던 순간들, 떠나는 아쉬움을 달래고 있었다. 아쉬웠던 건 독일이 아니었다. 첫 나홀로 여행이 끝나는 데 대한 것이었다. 여행의 기억과 그동안 느꼈던 온갖 감상이 한순간 멀어지는 것만 같아 겁이 나고 아쉬웠다. 그런 마음에 출국심사를 미루고 미루다 임박해서야 하고, 빼도 박도 못하게 출국을 하게 됐다. 게이트에 들어서기 전 잠시 숨을 골랐다. 정말 떠나는구나. 대부분 승무원뿐인 게이트 앞은 차츰차츰 사람들로 채워졌다. 그들은 어떤 기억을 갖고 오는 걸까. 일종의 동료들을 바라보는 마음으로 그들을 보았다. 우리는 여행자라는 이름의 동료이자 동류이니까.

하지만 비행기에 탑승하자마자 아쉬움은 온데간데없고 한 가지만 생각났다. 컵라면을 얻고 싶었던 거다. 원래 라면을 좋아하지 않아 1년에 한두 번 먹을까 말까 하는데, 그때는 무슨 생각에서 그랬는지 모르겠다. 분주한 승객들이 짐을 올리고 자리를 고르고 있는 바쁜 와중에, 그들을 돕는 승무원을 다급히 불렀다. "저어, 이따 컵라면 좀 먹을 수 있을까요?" 굳이 바쁜 사람을 붙잡고 부탁할 만큼 절박했다. 라면을 못 먹어 현기증이 난다는 게 체감됐던 순간이다.

다행스럽게도 승무원은 한창 바쁘고 정신없는 이륙준비 때인데도 친절했다. 배수향 승무원, 그녀를 아직도 똑똑히 기억하고 있다. 그녀는 나의 절박함을 읽었는지, 워낙 친절이 몸에 밴 사람이라 그랬는지, 비

행기 이륙 후 서비스 가능 시간이 되자마자 컵라면을 제공해줬고, 식사로 비빔밥을 권했다. 그리고 비행 초반에 나랑 짧게 대화한 인연 때문인지, 내가 옆 좌석 외국인 승객의 불편사항을 도와줘서인지 서울에 도착할 때까지 내게 특히 신경 써 주는 게 보였다.

고마운 일이다. 장기여행에 지친 여행자에게 한국인의 친절이란 달디달다. 그녀는 비빔밥(역시 평소에 싫어하던 음식)을 달게 먹는 나를 보고, 아침식사로 죽을 권했는데, 나는 빵을 선택했다. 그녀의 친절에 죽이 맛없어 보인다고 하지는 못했다. 배 승무원은 여행을 마치고 돌아가는 나보고 대단하고 부럽다며, 승무원들은 여행 많이 다니는 거 같아도 늘 살짝 맛만 보고 다닌다고 했다. 언젠가 나처럼 장기간 여행을 하고 싶다는 그의 소망이 꼭 이뤄지길 바란다. 그가 내게 여행의 마지막에 좋은 기억을 준 것처럼, 그도 반드시 좋은 인연을 만나고, 좋은 시간을 경험하길 바란다.

대
접

　　가끔 나 자신을 대접해야 할 필요가 있다. 여행하며 굳이 불편한 잠자리와 거친 음식을 선호하지도 않지만, 부러 좋은 숙소와 고급 레스토랑만을 고집하지도 않는다. 내가 이용하는 숙소와 먹거리는 현지 문화를 잘 느낄 수 있으면서도 저렴하고 실속 있는 게 대부분이다. 사람 좋아하고, 여행 중 먹는 것에 큰 욕심이 없는 나는 다양한 친구를 만날 수 있는 호스텔과 같은 숙소를 선호하고, 부지런히 다니다 식사 때를 놓치기가 일쑤라 간단하게 먹는 경우가 많다.

그런 나지만, 때로 나를 편하고 좋은 숙소에 놓아두고 가만히 쉬게 하고, 고급 식당에서 공들여 만든 요리나 익숙한 맛의 음식을 먹게 한다. 나를 위한 소박한 대접이다. 일상과 여행의 경계를 열심히 살아오고 헤쳐온 나를 위한 기분 좋은 선물이다.

뮌헨에서도 내게 작은 대접을 했다. 아무리 길치라지만 중앙역에서 5분 거리에 옹기종기 모여 있는 숙소 중 내가 묵을 곳을 찾는 게 너무 힘들었을 정도로 난 지쳐 있었다. 여행일정을 계획할 때 이쯤에서 지칠 것을 예상하고 1인실을 예약한 게 다행이었다. 원목 바닥과 계단, 난간이 정겹고 마음에 들었던 호스텔 맨 위층에 자리한 객실에는 선풍기, 전화, 삼성 TV, 개인 세면대가 있어 며칠간 편히 묵을 수 있겠다 싶었다.

아픈 곳이 뮌헨이라 다행이었다. 큰 관심과 애정을 갖고 있던 여행지였다면 아프고 쉬는 게 속상했을 텐데, 그런 곳이 아니라 다행이었다. 몸이 힘드니 나가고 싶은 마음도 없었다. 뮌헨은 주요 여행 지점들이 마리엔 광장 주변에 모여 있어 기본적으로 여행에 시간이 많이 소요되지 않는다. 근교여행을 한다면 달라지겠지만, 그런 몸 상태로 근교로 나가볼 생각은 없었다. 몸조리를 잘하고 난 후 가벼운 여행을 하면 될 터였다.

숙소에 오자마자 내리 3시간을 자고 일어나 먹을 것을 사러 나갔다. 숙소 가까이에 식당과 상점이 있었는데, 마침 토요일이라 마트에는 계산대 앞에 현지인들과 여행객들의 줄이 아주 길었다. 그 긴 줄에 합류하는 건 무리였다. 별수 없이 버거킹에서 치킨 윙과 감자튀김, 열차에서 알게 된 독일 친구가 추천해준 오거스티나 비어 몇 캔을 사서 숙소로 돌아왔다. 아프면 익숙한 음식이 당기게 마련인데 굳이 패스트푸드를 산 건 타국에서 한국 음식은 찾기도 힘들고 가격도 높기 때문이었다.

그후로 며칠간 내 생활패턴은 비슷했다. 간신히 일어나 나가서 패스트푸드나 뮌헨 중앙역 앞 많은 사람들이 줄 서 있던 푸드카Foodcar에서 카레가루와 칠리소스를 뿌려주는 소시지를 맥주와 먹는 것. 대부분 식당이나 푸드카가 역 앞에 있어서 막 역에 도착해서 성급하게 허기를 채우던 여행객들이 말을 붙여왔지만, 사람 좋아하는 나도 몸이 힘드니 새로운 사람 알아가는 재미도 느끼지 못했다. 그저 먹고 자고, 자다 먹고, 쉬고 자는 며칠이 흘렀다.

여행이 끝난 후 사진을 정리하다 보니 뮌헨여행 초반 며칠 동안은 간식과 맥주 사진뿐이었다. 지나고 생각하면 쉬고 아팠던 시간이 조금 아쉽고 아깝지만, 당시의 나는 그럴 수밖에 없었던 게 분명했다. 어디 여행 중에만 그렇겠는가, 힘들고 아픈 순간들은 삶의 곳곳에 자리하고 있다. 딱 부러지는 이유 없이 힘든 일상의 나날이 있다. 그런 피로와 어려움이 한계를 넘어설 때면 난 작은 사치로 나 자신을 달래곤 한다. 갖고 싶었던 귀걸이를 사거나 참고 있던 고칼로리의 매운 음식을 먹으며, 소중한 이와 미뤄왔던 약속과 만남으로 나를 위로한다. 나를 위한 작은 대접을 받은 뒤에는 무슨 일이건 분명 전보다 나아져 있다. 아무것도 해결된 건 없지만, 한동안 어렵고 힘들었던 일들을 계속할 수 있게 된다. 씩씩한 모습을 되찾고, 꽤 견딜 만해진다.

　　거짓말처럼 나았다. 아프던 게 감쪽같이 사라졌다. 몸살을
앓던 몸이 쌩쌩해졌다.

빈에서 좀 더 시간을 보내느라 밤기차를 타고 프라하에 도착한 그 날
로 나는 심한 몸살에 걸렸다. 여행 중 몸살이 처음도 아니지만, 늘 몸살
을 달고 살던 나이지만, 이 도시에 기대하는 바가 많았기에 안타까움
이 컸다. 전날 밤 알게 된 숙소 친구가 같이 팁투어Tip tour를 하자며 권
했고, 하고 싶었지만 몸을 조금 일으키는 것조차 버거웠다. 다른 투숙
객들이 모두 나간 호스텔 안에 꼼짝없이 누워 하루를 꼬박 앓았다. 오
전 늦게야 몸을 일으켜 숙소를 나갔다가, 간신히 환전만 하고 돌아와
쉬다 저녁이 되어서야 몸을 조금 움직일 수 있었다. 아무래도 기대가
많았던 여행지에서 누워만 있는 건 억울해 밝은 기운이 조금 남은 저

녁거리로 나섰다.

프라하는 신시가지보다 구시가지에 볼거리가 많다. 하긴 현대인의 눈으로 볼 때 어느 나라 어느 도시이건 익숙한 신시가 보다는 중세적 감성과 모습을 간직한 구시가가 더 매력적으로 느껴지기 쉽겠지. 신시가에 있는 숙소를 떠나 구시가로 향했다. 시계탑이 있는 구시가에 도착하자 노천 레스토랑과 상점이 즐비했다. 간단히 늦은 점심 겸 이른 저녁을 먹고 누군가에게 두들겨 맞은 듯 욱신욱신 쑤시는 몸을 이끌고 상점가로 갔다. 기념품을 판매하는 상점도 많았다. 기념품 종류도 다양하고 상점도 많으니 물건 사기 편하고 가격대를 비교하기도 좋았다. 물가도 한국보다 조금 낮은 편이라 부담도 크지 않았다. 덕분에 주머니 사정 얇은 여행객도 프라하에서는 마음 편히 지갑을 열 수 있다.

내가 지갑을 연 건 인형을 만났을 때다. 체코 인형극은 오랜 역사를 갖고 있고 예전만큼이나 지금도 인기를 누리고 있다. 시간이 맞는다면 저렴하고 재미있는 인형극을 보는 것도 좋다. 구시가 광장에 있으면 인형극을 소개하는 호객꾼을 쉽게 만날 수 있다. 인형극이 유명한 만큼 이곳에서는 인형이 인기인데, 크리스탈 인형(체코는 인형과 함께 보헤미안 크리스탈로 유명하다. 크리스탈로 만든 인형을 쉽게 볼 수 있다)과 마트료시카 인형(목각인형 안에 작은 목각인형이 들어있는데 그 안에는 더 작은 인형이 들어있다) 그리고 마리오네트 인형(손으로 조종하는 인형극용 인형) 등 그 종류와 모양, 재질이 가지각색이다.

인형이 가득한 프라하에서 그 가게를 만난 건 구시가지로 가는 길목에서였다. 인형이 주렁주렁 달린 가게를 보며 아프던 게 꾀병이었나 싶게 싹 나아버렸다. 마치 운명처럼 여행지에서 인형을 수집하는 인형광

인 내가 인형으로 쌓인 상점을 만난 거다. 문에도 벽에도 천장에도 주렁주렁 마리오네트 인형이 걸려있는 가게 앞에서 진짜 큰 소리로 감탄하고 말았다. 약 기운과 몸살 기운으로 흐느적거리던 몸이 거짓말처럼 개운해진 것을 느끼며 홀리듯 상점 안으로 들어갔다. 우와아아아아아아! 너무 좋아 입이 다물어지질 않았다.

상점 안에는 나처럼 인형에 홀린 소녀가 엄마 아빠를 졸라 인형을 고르고 있었다. 마리오네트 인형 전문상점이었는데, 장사가 잘되는지 주인아저씨는 흥정도 하지 않고 여유만만한 태도를 보이고 있었다. 잠시 내가 그 가게에 머무는 동안에도 몇 명이나 인형을 사 가던지! 장사가 정말 잘 되었다. 가게 문부터 시작해서 삼면의 벽과 천장까지 차례로 훑으며 인형의 면면을 살폈다. 마귀 인형을 무척 사고 싶었는데 헝클어진 머리에 마법 빗자루를 들고, 무섭고도 우스운 표정을 짓고 있지만, 보라색 원피스를 입은 나름 패션피플이었다. 그 외에도 익숙하고 귀여운 피노키오 인형, 다양한 색의 머리칼을 가진 어릿광대 인형, 백설공주 인형 등 다채로운 모습의 인형이 있었다. 작은 인형부터 혼자 조종하기 힘들 정도로 큰 인형까지 크기도 다양했다.
고심 끝에 고른 인형은 빨간색과 파란색이 반반 섞인 옷과 모자의 체코 전통의복을 걸친 인형과 오렌지색 머리칼을 양쪽으로 땋은 말괄량이 삐삐 인형이었다. 혹시나 해서 주인아저씨에게 전통인형이 있냐고 했더니, 내가 고른 첫 번째 인형을 가리키며 "그 인형이 전통 체코 복장을 한 것으로 가장 유명하다"고 했다. 친절하고 자부심 넘치던 주인아저씨는 프라하에 대해서나 구시가지 가는 길에 관해 물으면 "나는 모든 걸 알고 있어요. 뭐든지 물어봐요"라며 모든 질문에 성심껏 답해 주었다. 구시가지에서 다시 숙소로 돌아갈 때 또 마주치게 되자 "오! 또 만났네. 우리 이웃이네"라며 반가워했고 구시가지에 잘 다녀왔냐고 물어보기도 했다. 체코는 공산권 국가인데도 상점 아저씨처럼 사람들이 온화하고 경직되지 않은 것 같다. 아무래도 동유럽 공산주의 국가 중 생활수준이 높고, 전통적으로 수준 높은 문화를 유지한 공업국가여서 분위기가 유연해 보였다.

그 인형가게를 나와서도 몇 개의 상점을 돌며 새로운 인형을 샀다. 네다섯 개 정도 마트료시카 인형을 사고 나서야 만족스럽게 쇼핑을 마칠 수 있었는데, 그때쯤엔 온몸이 쌩쌩했음은 물론이다. 인형과 사람들의 친절함 덕분에 프라하에 대한 기억은 마냥 좋을 수밖에 없었다. 한 가지 아쉬운 점은 여러 나라를 오가는 여행이라, 프라하 외에도 갈 곳이 많아 가방을 무겁게 할 수 없어 인형을 더 사 오지 못했던 거였다. 다음에 프라하에 갈 때는 이만큼 큰 가방을 텅텅 비우고, 체력을 길러 맘에 드는 인형을 가방 가득 채워 오리라. 프라하 여행을 마치며 여행자로서 스스로 팁을 하나 얻었다. 몸이 안 좋을 땐 인형가게에 갈 것!

아기와 믿음

필리핀 세부의 1월, 비 내리는 거리에서 아기 예수 행렬을 만났을 때, 그 행렬의 의미를 또렷이 알지 못했다. 봄비는 거리는 여행자에게 너무 버거웠다. 많은 사람들의 눈이 한 곳을 향하고 있었다. 누군가에 의해 높이 올려진 아기 예수상에 모인 건 진지하고 존경 어린 눈빛이었다.

신자가 아닌 사람이 보기에 아기 예수상은 플라스틱 인형과 다를 바 없었다. 하지만 성상을 향한 많은 이의 눈빛은 그것이 인형 아닌 예수임을 분명히 말하고 있었다. 색색의 우산 위로 화사한 꽃마차를 탄 아기 예수상이 지나가고 있었다. 아기 예수상은 금빛과 붉은색으로 장식된 옷을 입고 금관을 쓰고 있었다. 아기 예수가 갖춘 의복의 화려함은 회색 거리와 대조적이었고, 동떨어져 보이기까지 했다.

아기 예수가 지나가던 거리는 회색빛이었다. 군데군데 페인트칠이 벗겨진 건물들의 모습은 누추했고, 거리를 메운 많은 사람들 중 여유로워 보이는 옷차림을 한 사람은 없었다. 일반적인 세부 서민들의 모습만 보였다. 이런 표현을 쓰기는 싫지만 가난하고 초라해 보이는 행색들이었다. 물론 그런 모습이 싫었던 건 아니지만, 그토록 가난해 보이는 사람들이 성상을 그렇게 화려하게 장식하는 게 이해되지 않았다. 비신자였던 내 눈에는 그 가난함과 화려함의 대비가 너무 커 보였다.

내가 경험한 성상의 화려함이 존경과 정성에서 온 것임을 알기까지는 시간이 좀 걸렸다. 평생을 세부에서 나고 자란 친구 깅^{Ging} 덕분이었다. 깅은 세부 사람들이 아기 예수에게 바치는 존경과 정성의 의미를 내게 알려주었다. 세부 사람들이 아기 예수상을 화려하게 꾸미는 건 마치 집안의 큰 어른이나 아기에게 가장 좋은 음식을 대접하고 정성스레 대우하고 보호하는 것과 같은 일이라고 했다. 세부 사람들은 그들이 가진 가장 좋은 것, 귀한 것을 아기 예수에게 바치고 있는 것이었다.

세부에 있는 동안 깅과 많은 이야기를 나누었는데, 그중 많은 이야기가 가톨릭에 대한 것이었다. 당시 나는 가톨릭 신자가 아니었지만, 세부의 종교문화를 접하고 깊은 인상을 받았다. 나중에 가톨릭 신자가 된 후, 아기 예수와 그에 대한 정성과 존경을 더욱 이해하게 된 게 사실이지만, 신자라는 점을 차치하고 보더라도, 빗속에서 마음을 다한 눈빛을 던지던 사람들의 모습은 아름다웠다. 누군가를 향해 마음을 다한다는 것은 아름다운 일이다.

세부 사람들의 모습이 긍정적으로 비친 까닭인지, 가톨릭에 대해 궁금증이 많아졌다. 깅과 함께 책을 읽거나 쇼핑하거나 식사하다가도 불현

듯 가톨릭에 대해 질문하곤 했다. 깅은 내게 전도를 하려고 노력하지도, 종교를 강요하지도 않았지만, 나의 질문에 성심껏 답해 주었다. 세부에서 돌아온 몇 달 뒤, 동네 성당을 지나다 세부에서 본 장면과 그곳에서 보낸 시간이 떠올랐다. 나의 친구 깅이 그리웠다.

비신자에게 6개월의 교리교육은 쉬운 일이 아니었지만, 일단 들어나 보자는 마음에서 공부를 시작했다. 6개월을 어떻게든 버텨내서 가톨릭 신자가 되어 성당을 다니자는 마음에서 시작한 것은 아니었는데, 시간이 지날수록 교리교육 시간은 내게 깊은 깨달음과 즐거움을 주었다. 결국, 교리교육을 마치고 세례를 받았고, 나의 세례에 감화를 받은 부모님도 이어서 세례를 받으셨다. 나는 교리교육을 시작할 때부터 부모님의 세례까지의 전 과정을 깅과 나누었다. 직접 만나기는 어려웠지만 이메일을 통해서 인연을 이어갔다.

나의 친구는 내게 세부에서나 이후의 연락을 통해 신앙을 강요하거나 권유하지 않았다. 세부에서 아기 예수를 향하던 세부 사람들의 아름다운 모습과 주변 사람을 늘 다감하고 세심하게 챙기는 좋은 사람이었던 나의 친구를 보며, 그런 모습을 긍정적으로 인식했던 나의 변화였을 뿐이다. 세부에 갈 때만 해도 내가 이런 큰 변화를 겪으리라고는 생각도 하지 못했다. 그저 나와 다른 무엇, 누군가를 경험하고 알아가고자 하는 마음뿐이었다. 그러나 세부에서의 한 달, 깅과의 30일은 내게 문화적으로, 종교적으로, 인연으로서 따뜻한 경험을 주었다. 누군가에게 마음을 다하는 일이 얼마나 아름다운지, 누군가를 통해 자연스레 감화받는 게 얼마나 따뜻한 경험인지 알게 되었다.

소나기와
원피스

　　여행은 단 하루에도 많은 일을 가져다준다. 기대했던 대로 만족스러운 경험을 하기도 하고, 기대가 무너지는 아쉬운 순간도 있는 법이다. 안 좋은 상황이 급작스레 좋아지기도 한다. 예상과 같다면 그건 내가 원하는 여행이 아닐 거다. 일상도 그렇다. 매일 같은 하루 같지만, 어느 순간 같은 하루에 다른 균열과 파편이 생긴다. 균열의 시간에도 여행과 일상은 맞닿아 있다. 결국, 향하는 지점이 같은 두 맥락 안에 내가 있고, 나의 삶이 있다. 그러기에 나의 삶은 완벽하지도 완벽할 수도 없고, 계획적이지도 계획적일 수도 없다. 완벽하지 않고, 계획적일 수 없는 건 삶의 단점처럼 보이지만 실은 크나큰 장점이다. 예측할 수 없다는 건 얼마나 신기하고 재미있는 일인지.

피카소 미술관에 가는 길, 메트로 St. Paul 역에서 길을 건너 골목으로 들어갔다. 그리 어렵지 않은 길, 옹기종기 모여 있는 표지판이 돕는데도 길치인 나는 얼마나 헤맸는지 모른다. 그렇게 찾아간 곳이 리노베이션을 위해 휴관 중이라는 데 맥이 탁 풀리고 말았다. 2년 뒤에야 재개관한다는 말에 이만저만 실망한 게 아니었다. 아, 오기 전에 인터넷으로 알아보기라도 했다면 좋았을 걸. 후회와 실망이 겹쳐 있던 순간, 세찬 비까지 만나고 말았다. 날을 잡았구나. 우산도 없는데! 소나기인 듯 보였지만 쉽게 그치지 않았다. 건물 처마 밑에 몸을 숨겼다가 빗줄기가 조금 가늘어진 틈을 타 지하철역으로 뛰어가려는데, 다시 세차게 쏟아졌다. 더 걸을 수가 없겠다. 쫄딱 맞게 생겼어. 비를 피해 어느 작은 상점 처마 밑으로 처량 맞게 들어갔다.

잠시 후 상점문이 열리며 주인아저씨가 나오더니, 가게 안으로 들어와 쉬다가 비가 그치면 가라고 했다. 쏟아지는 비가 처마 안에까지 들이치던 터라 사양 못하고 가게로 들어갔다. 우와! 가게 안으로 들어서자마자 저절로 감탄이 나왔다. 예쁜 것들이 정말 많잖아. 예쁘고 독특한 상품들에 눈길이 멎었다. 그냥 지나쳤음 아쉬워서 어쩔 뻔했을지. 아기자기하고 예쁜 구두, 옷, 액세서리 등이 작은 가게를 한가득 채우고 있었다. 반갑게도 내가 좋아하는 원피스와 플랫 구두가 많았다. 예쁘고 저렴한 구두가 많았지만 발 사이즈가 230mm도 안 되는 내 발엔 가장 작은 사이즈 구두마저 커서 구두는 포기하고 원피스를 찬찬히 살폈다. 예쁜 원피스가 가격까지 괜찮다. 한화 4만 원 정도에 옷을 한 벌 장만했다.

예쁘고 산뜻한 새 원피스를 갈아입었을 때쯤엔 비도 그쳐 있었다. 비에 젖은 축축한 옷 대신 나풀나풀 산뜻한 원피스로 갈아입고 생각해보니, 이 비를 만나지 않았으면, 새 옷도 만날 수 없었을 거였다. 피카소 미술관이 휴관하지 않았다면, 비를 피해 이 작은 상점 안으로 들어갈 일도 없었겠지. 기대했던 바와는 다르게 피카소를 만나지는 못했지만, 기대하지 못했던 예쁜 옷을 갖게 되었다. 실망감을 안고 정신없이 비를 피할 땐 몰랐는데, 여유를 찾고 보니 피카소 미술관에 다시 가기 위해서라도 파리에 다시 올 핑계가 생겼다. 뜻밖의 기회에 여지가 남는 여행이 되었다.

노트르담 대성당의 첫인상은 토끼 같았다. 토끼의 귀 마냥 삐죽 올라온 성당의 두 탑은 정면에서 보면 영락없는 토끼 모습이었다. '우리들의 귀부인(노트르notre = 우리들의, 마담Madame = 귀부인: 성모마리아)' 이라는 의미처럼 우아한 모습으로 기억했던 노트르담 성당을 토끼같이 귀여운 모습으로 새로이 봤던 건 두 번째 파리여행에서였다. 파리의 시초라고 할 수 있는 시테는 파리의 중앙부에 있고, 노트르담 성당은 시테에 있다. 그러니 노트르담 성당은 그 위치만큼이나 프랑스의 대표적인 성당의 면모를 제대로 보이고 있는 곳이다. 1804년 나폴레옹의 황제 대관식, 1775년 루이 16세와 마리 앙투아네트의 대관식, 1455년 잔 다르크의 명예회복 재판 등 프랑스 역사의 굵직굵직한 장면을 함께한 곳이기도 하다. 빅토르 위고의 소설《노트르담의 꼽추Notre-Dame de Paris》도 이곳을 배경으로 한다.

노트르담 대성당은 첫 파리여행 때보다 두 번째 파리여행에서 더욱 의미를 갖게 된 곳이다. 내게 일어난 변화 때문이었다. 성당을 다시 찾았

을 때, 난 가톨릭 신자가 되어 있었다. 처음 성당에 갔을 때는 건축학적·역사적 의미에 관심을 두고 관람했는데, 가톨릭 신자가 된 이후에는 신앙적 관점이 더해져 성당을 대하는 태도가 한결 진중하고 친밀해졌다. 특별한 변화를 갖고 오후 늦게 갔던 성당 앞에 줄은 왜 그리 길었는지. 그 전까지는 운 좋게도 이 성당 앞에서 단 한 번도 줄을 서 본 적 없었는데, 아마도 그날은 단체관광객이 많은 날이었나 보다. 이미 많이 왔던 곳이고, 길게 분명한 대기시간에도 꼭 들어가야겠기에 긴 줄의 끄트머리에 자리를 잡았다. 1분도 안 되어 내 뒤에는 또 다른 줄이 길게 이어졌다.

하늘이 유달리 어두워 곧 비가 내릴 것만 같다 싶었는데, 쏴아아아아아!!! 단 몇 분 만에 내린 소나기에 피할 새도 없이 쫄딱 젖어버렸다. 긴 줄의 가운데서 모두 함께 '싱잉 인 더 레인~.' 나만 맞은 게 아니라, 줄 서 있던 사람 모두 비 맞은 생쥐가 돼버렸다. 몇 분 동안 퍼부어댄 소낙비에도 성당 들어가는 긴 줄은 좀체 줄어들지 않았다. 비가 순식간에 엄청나게 퍼부어 내려, 어차피 싹 다 젖은 사람들은 이미 비 피하기를 포기한 것 같았다.

시간이 흘러, 온몸에서 물을 뚝뚝 떨어뜨리며 성당에 들어갔다. 몇 년 만에 신자로서 성당과 대면하는 자리에 이 꼴이라니, 민망함과 어이없음에 웃음이 났다. 가톨릭 신자가 되어 다시 왔다는 반가운 마음은 잠시 접고 최대한 어둡고 구석진 곳으로 가서 비 맞은 원피스랑 머리를 정돈하려니 다른 사람들도 그러고 있었다. 엄마의 지도 아래 조심스레 겉옷을 벗는 아이와 눈이 마주쳤고, 서로 민망하고 재미있다는 묘한 표정을 지었다.

어느 정도 몸과 정신을 추스르고 오랜만에 더욱 진지해진 마음으로 대하는 노트르담 성당. 한창 미사가 진행 중인 성당 안, 미사 참례 중인 사제와 신자들은 많은 여행객에게는 익숙한지 연연해하지 않고 진중하게 참례하고 있었다. 신자들 사이로 여행객인 듯 보이는 사람들이 앉아 참례하거나, 신자 석에 앉아 성당 내부를 소리 없는 감탄과 함께 감상하는 모습도 보였다. 나도 몸과 마음을 단정하게 하고 미사에 참례하며 기도드렸다. 경건한 마음으로 성당 관람과 미사 참례를 마치고 나오며 성당 성물 판매소에 들러서 여러 모양의 묵주와 메달 등 성물을 살폈다. 이전에는 성당의 미술과 건축, 역사에만 관심을 가졌는데, 가톨릭 신자가 된 이후에는 이런 성물에도 관심이 많이 갔다.

성당 밖으로 나오니 거짓말처럼 화창한 모습이다. 이토록 좋은 날 참 드문 확률로 비를 쫄딱 맞았다. 갑자기 내린 비에 당황하지 않을 수 없었고, 비 맞은 뒤의 추위에 덜덜 떨기도 했고, 젖은 옷을 입고 성당을 방문하게 됐다. 그러나 덕분에 잊지 못할 경험을 했다. 이렇게 비를 쫄딱 맞는 경험은 처음이었으니 말이다. 그것도 타국에서 낯선 이들 사이에서 이런 당황스러운 경험을 했으니. 덕분에 노트르담 성당에 관한 재미있는 에피소드와 기억을 갖게 됐다. 가톨릭 신자가 된 데다 재미있는 경험까지 더해진 성당을, 다음에는 한결 개인적이고 친밀한 느낌으로 대할 수 있을 거다. 대중적인 공간이 '나'라는 개인의 공간으로 느껴졌다.

파리에서 겪은, 계획을 벗어난 일들. 피카소 미술관과 노트르담 성당에서 만난 두 번의 비는 내게 삶에 대해 다시 생각해볼 기회를 줬다. 삶이란 늘 계획적일 수 없는데, 어쩌면 난 불가능한 일을 바라왔던 게 아닐지. 여행에서만이 아니었다. 매일 아침 지키지도 못할 일정을 빼곡히 휴대폰 메모에 적곤 했던 나였다. 메모에 적힌 걸 하나씩 지워가며 작은 즐거움을 느꼈지만, 메모가 완전히 지워지는 날은 없었다. 오늘도 메모의 일정과 계획을 다 하지 못했다는 데 스트레스와 가책을 느끼며 일상을 마무리했다. 불가능한 일을 매일 시도하고 있었던 거다.

어떻게 매일의 삶이 계획적이고 기대한 대로 흘러갈 수 있을까. 생각한 대로 술술 풀려가기만 한다면, 그건 또 얼마나 재미없는 삶이고 시간일까. 불가능한 계획과 기대에 삶의 만족이 낮아질 수 있겠단 생각을 불현듯 했던 건 파리에서 두 번의 비를 만나고 난 후였다. 우연히 만난 비 덕분에 내 삶의 욕심과 기대, 만족에 대해 생각했다. 그후 그런 경험을 몇 번 더 하며, 더는 나의 삶이 기대하고 계획했던 바대로 흘러가기만을 바라지 않는다. 계획과 기대를 넘어선 생경하고 즐거운 일을 경험하길 바라며.

나에게 주는
시간

나는 늘 인연맺기를 좋아한다. 돌아다니는 것도 즐긴다. 새로운 인연을 만들어가는 것 그리고 맺은 인연을 지켜가는 것, 즐겁고 귀한 일이다. 특히 길 위에서 만나는 인연은 특별하다. 많은 우연과 필연이 겹쳐야 만날 수 있는 게 길 위의 인연이기에 더욱 소중한 거다. 언젠가부터 혼자 떠나는 여행이 좋아졌지만, 혼자 한 여행에서 혼자였던 적은 거의 없다. 사람을 좋아하고 인복이 많아서인지 가는 곳마다 좋은 인연이 함께했다. 많은 인연과 스치고 만나고 즐거운 여행이었다. 그렇게 홀로 여행하는 시간이 쌓이며 자연히 외로움에 대한 부담이나 혼자인 데 대한 두려움은 더욱 엷어졌다. 게다가 그 누굴 만나지 않는다 해도 나는 혼자가 아니다. 나는 늘 나와 함께하고 있으니까.

인연을 소중히 하면서도 나는 여행과 일상에서 나 자신에게 시간을 주
길 좋아한다. 아무도 없는 시간, 비우는 시간이다. 곁을 비우고 마음을
비우며 머리도 비우는 시간이다. 목적도 이유도 없는 시간 안에 나를
가만히 놓아둔다. 홍콩여행 중에는 소호에서 그런 시간을 가졌다. 미
드레벨 에스컬레이터를 타고 가다 에스컬레이터 오른쪽에 마음에 드
는 카페를 하나 발견했다. 마침 바로 에스컬레이터에서 내리는 출구가
있어, 그 카페로 가 길에 면한 테이블에 자리를 잡았다. 푸짐한 브런치
와 커피를 주문했지만, 식사는 둘째였고 나에게 시간을 주고 싶었다.
가장 친한 대학 친구와 함께 떠난 홍콩여행. 나처럼 홍콩이 처음이었
던 꼼꼼하고 착한 친구는 맛집 예약이며 길 안내까지 도맡아 딱 부러
지게 잘해 주어, 홀로 다녔다면 시간이 더 들었을 길을 쉽고 빠르게 갈
수 있었고, 전망 좋은 레스토랑에서 여행 첫날 저녁을 근사하게 보낼
수도 있었다. 누군가와의 여행이 참 오랜만이었고, 그 누군가가 취향
과 성격이 잘 맞는 이 친구여서 다행이었다.
그럼에도 난 약간 피로했다. 조금 늦더라도 내가 찾은 길과 식당, 여행
지는 내게 더 큰 재미와 의미를 주었을 거고, 나는 홀로 걷고 지내는 시

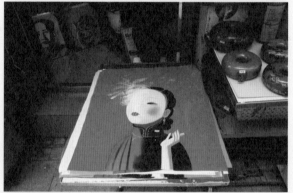

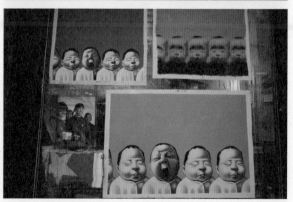

간이 잠시라도 필요한 사람이었다. 친구도 나와 같은 피로를 느끼고 바람을 가졌던 것 같다. 우린 서울로 귀국하기 전 반나절이나 하루 정도 따로 시간을 갖자는 데 생각을 같이했다. 그리고 나는 나에게 비워지는 시간을 줄 장소로 소호를 선택했다.

여지없이 길을 헤맸고 땀범벅이 되어 간신히 미드레벨 에스컬레이터를 찾았다. 그래도 헤매고 늦었다고 누군가에게 미안해할 필요가 없었고, 심지어 작은 성취감마저 느꼈다. 에스컬레이터에 몸을 맡기고 소호를 경험했다. 그러다 발견한 그 작은 카페에서 내게 비우는 시간을 주었다. 길을 오가는 사람들을 멍하니 보며, 혼자 먹기에는 많은 브런치를 먹고 진한 커피를 마시며 손에서 놓질 않던 카메라도 잠시 옆에 내려놓았다. 수첩을 꺼내 기록을 하려다 그것도 그만두었다. 습관처럼 뭔가를 하려는 것을 의식적으로 눌렀다. 넋 놓고 앉아 있다가, 다시 길을 헤매며 소호를 거닐고, 지치면 에스컬레이터를 타거나 상점 안으로 피신했다. 특별히 찾을 의미도, 목적도, 이어갈 여정도 없었다. 그저 비우고 놓으면 되는 시간이었다.

그날 저녁, 날 만나러 친구가 소호로 왔을 때, 나는 보다 편안해지고 밝아져 있었다. 비우는 시간은 피로감을 덜어줬고, 날 이전처럼 즐겁고 단단한 여행자로 돌아오게 했다. 소호에서 보낸 시간은 목적 없이 찰나로 기록된 사진으로 설명된다. 그 순간 어떤 생각으로 그런 사진을 찍었는지 전혀 기억나지 않는다. 아마 생각이 없었을 거다. 찰나적인 단상을 담은 사진을 보며 내게 주었던 시간을 상기한다. 그저 비워내며 놓아두며 내게 주었던 시간을. 나를 나답게 만드는 시간이었다.

에 / 필 / 로 / 그

나는 내 시간을 보내고 있었다. 집 앞에서, 서울에서, 서울 외 지역에서, 한국에서, 다른 나라에서처럼. 카페에서 타닥타닥 한 글자 한 글자를 치며, 이 생각 저 생각을 정리하며 담아내는 데 골몰하고 있었다. 그러기를 몇 시간, 지치면 커피를 더 마시고 때로는 멍 때리며 머리를 비우고 정리했다. 내 시간을 보내고 있었다. 온전히 나만을 위한 시간을.

그러다 문득 노트북 너머 머리가 보였다. 아, 잊고 있었어. 카페메이트 Goz(고즈)였다. 눈이 마주친 Goz는 다시 컬러링북을 칠하던 제 손으로 눈을 돌린다. 내게 하던 일을 계속하라는 신호였다. 특별히 할 것도 없으면서. 작업하느라 바빠 자기를 챙길 수 없는 내 옆에 있었다. 야구를 보거나 뭔가를 끄적이거나 컬러링북에 색을 칠하면서. 제 시간을 내게 양보하고 있었다.

전에도 이런 경험이 있다. 그런 기억이 있다. 누구보다 자기 취향이 강했을 게 분명한 고집 있는 Notre Dame(노트르담, 엄마 별칭)은 나를 위해 당신의 취향을 미루곤 했다. 나를 챙기고자 자신의 취향은 번번이 미루고 애써 잊었던 당신은 내게 언제나 한 가지만은 강조했다. 원하는 걸 해. 원하는 걸 찾아.

나는 꾸준히 찾았다. 내가 뭘 원하는지, 어딜 가고 싶은지, 어떤 이를 만나고 싶은지, 어떤 삶을 살고 싶은지. 그런 삶은 쉽지는 않았다. 하지만 즐겁고 만족스러웠다. 늘 잘 진행되지는 않았지만, 만족도가 높은 여행이었다. 난 만족스러운 여행자였다.

때로 나 잘나서 그런 줄 알았다. 내가 잘나서 내 성향이 분명해서 취향도 분명한 거라 생각했다. 명백한 오판이었다. 취향을 찾는 여행은 나 혼자의 것도 혼자 한 것도 아니었다. 내 취향을, 여행을, 일상을, 삶을 응원했던 많은 Goz와 Notre Dame. 나로서의 여행, 나에게로의 여행을 응원한 '이들'이 때때로 귀중한 제 시간과 제 색깔을 양보하고 미루며 내 취향을 온전히 드러낼 수 있도록 응원한 덕이 컸다.

'이들' 중 한 부분인 더블엔은 나의 여행과 취향을 예쁘게 잘 담아줬다. 책을 진행하는 동안 또 다른 여행을 하며, 또 다른 나를 대할 수 있었다. 내 여행의 또 다른 조력자, 또 다른 여행인연, 송현옥 편집장님께 고맙다.

나의 취향을 온전히 드러내는 여행이 다른 이에게 얼마나 흥미롭게 읽힐지 모르겠다. 바라건대, 읽는 이가 혹시라도 몰랐던 자기 여행의 취향을 찾게 되길, 그 취향과 함께 즐거움과 만족이 함께 하길. 언제나 여행처럼.